suhrkamp taschenbuch 3137

Ätzender Haß und ein unstillbares Liebesbedürfnis binden Mutter und Sohn aneinander. Sie, ein alterndes Luxusweibchen, exzentrisch, egomanisch, hypochondrisch, rächt sich an ihm für die Gleichgültigkeit seines Vaters ihr gegenüber. Er, ein Wurm, ein Rohrkrepierer, ist an den Rollstuhl gefesselt und von ihrem Tisch verbannt, weil sie in ihm den Ausdruck ihres Versagens sieht. Ein sado-masochistisches Spiel von äußerster psychologischer Finesse nimmt seinen Lauf, in dem jeder der beiden nach Kräften versucht, Oberwasser zu behalten. Sei es durch die gezielte Verletzung des anderen bis ins Mark oder durch unerwartete Unterwerfung.

Atemberaubend gemein und dabei befreiend komisch ist Linda Lês verbaler Parforceritt durch die sensibelsten Zonen der Familienhölle. »Ich interessiere mich für jene, die Ängste haben. Bestimmte Arten des Scheiterns haben etwas Wunderschönes«, ist das Credo von Linda Lê.

Linda Lê wurde 1963 in Dalat in Südvietnam geboren und verbrachte ihre Jugend in Saigon. Ihr Studium der Literatur führte sie nach Paris, wo sie auch heute lebt. *Irre Reden*, ihr sechster Roman, ist ihr erstes Buch, das auf deutsch erscheint.

Linda Lê
Irre Reden
Roman

Aus dem Französischen von
Brigitte Große

Suhrkamp

Die Originalausgabe erschien 1995
unter dem Titel *Les dits d'un idiot*
bei Christian Bourgois éditeur, Paris.

Umschlagfoto: Holger Peters

suhrkamp taschenbuch 3137
Erste Auflage 2000

Druck: Nomos Verlagsgesellschaft, Baden-Baden
Printed in Germany
Umschlag nach Entwürfen von
Willy Fleckhaus und Rolf Staudt

1 2 3 4 5 6 – 05 04 03 02 01 00

Die feinsten sollten es immer sein und
die abgeschmacktesten sind es immer gewesen,
die großartigsten, wie gesagt, und waren doch
immer nur mißglückte, heillos mißglückte . . .

Thomas Bernhard

...

er hat seine Mutter verzweifelt geliebt und hat ihren Tod nie verwunden verheiratet war er mit einer blutjungen Schönheit die er jede Woche mitnahm zum Familiensitz der wenigstens zwanzig Zimmer hatte doch der Sohn wollte nirgendwo anders schlafen als bei seiner Mutter auf dem Diwan am Fuß ihres breiten Bettes die ganzen drei Tage die er dort blieb verbrachte er in diesem Zimmer in das kein Lufthauch drang kein Sonnenstrahl weil die Alte felsenfest glaubte daß Licht und Luft satanische Stäubchen mit sich führten und der Teufel diese Körnchen des Bösen in der Welt verstreue auf die er als Sämann der Pest seinen riesigen Schatten werfe sie drängte den Sohn mit allen Mitteln eine Organisation zum Kampf gegen den Sämann der Pest zu gründen und er der ein Gelehrter war ein Wissenschaftler von hohem Rang ließ sich kein Wort ihres Wahnes entgehen sie konnte die ganze Nacht schwafeln er tat kein Auge zu und lauschte andächtig dem Unsinn der aus ihrem Munde drang die junge Schönheit war vergessen sie kriegte ihn drei Tage lang nicht zu Gesicht sie schlief die ganze Zeit in einem winzigen Zimmer und irrte durch die Gänge des verfluchten Hauses erst nach drei Tagen verließ er das Lager der Alten die junge Schönheit kam gelaufen und das Paar fuhr wieder weg aber das Rührendste an der Geschichte ist daß er sich als die Alte schwer erkrankte Urlaub nahm und seine Forschungen abbrach um sich in ihrem Zimmer einzurichten und nicht auf dem Diwan schlief nein auf dem Bettvorleger um ihr ganz nah zu sein sie mußte nur die Hand sinken lassen um ihn neben sich zu spüren wie er auf dem Boden lag dieser begabte Junge der als Genie galt auf seinem Gebiet und seiner Mutter so ergeben war daß er seine Frau verschmähte die beinahe überschnappte in den langen Monaten der Krankheit selbst das winzige Zimmer ganz hinten im Flur hat er ihr verweigert und ihr sogar verboten das Haus zu betreten am Ende hat die stinkende faselnde Alte die junge Schönheit geschlagen denn nach dem Tod seiner Mutter konnte der Sohn seine Frau überhaupt nicht mehr ertragen er ging nach Hause stellte ihre Sachen auf die Treppe ließ das Schloß auswechseln und verkroch sich in seiner Wohnung sein Interesse an der Forschung ist erloschen und die junge Schönheit widert ihn an *was für eine Geschichte!* seufzt die Mandragora die wie gewöhnlich um vier Uhr zu mir kam sie sitzt mir gegenüber sie trinkt den Tee in kleinen Schlucken sie setzt die Tasse ab betrachtet ihre Hände redet ohne Unterlaß und stellt mir den irren kranken Jungen als Beispiel hin um mich zu bekehren mich zu verwirren mich zu infizieren mit dem Virus der Mutterliebe ich soll mich ihr wieder ergeben ich soll sie verehren meine manische Madonna meine makellose Mörderin die Mandragora die mich auf die Welt gebracht hat wie sie das wohl gemacht hat sie war schon immer ein launenhaftes eitles altes Mädchen das einen Tag seinen Ballon zur Schau trug um sich am nächsten über seinen flachen Bauch zu beklagen sie muß ihre Schwangerschaft ertragen haben wie andere einen Abszeß die Mandragora ist oft bei mir zu Gast in der Impasse des Deux Anges vorher geht sie zum Friseur und läßt sich eine Wasserwelle legen dann kommt sie an mit ihrem kleinen Knautschgesicht mit ihren hübschen aschgrauen Locken und sagt *basta!* sie sagt immer *basta!* sie muß auf die schnelle gleich wieder fort denn dort wo sie ist ist stets der Ort wo keiner sie liebt kaum hat ihr Fuß die Schwelle überschritten soll man sie schon wieder bitten daß sie bleibt sie gibt voll Unrast zu verstehen daß sie auf der Stelle gehen will weil das Gefühl sie treibt sie würde woanders *mehr geliebt* ich hätte von ihr den Himmel auf Erden haben können ein fürstliches Leben in Liebe und Abhängigkeit ich wäre ihr Leibeigentum gewesen von ihr beherrscht und gehätschelt doch habe ich mich ihrer Liebe verweigert und mich hineingesteigert in meine Gleichgültigkeit um mich zu bestrafen wird sie krank es gibt ja Gott sei Dank alle möglichen Übel einmal tut ihr der Daumen weh ein andermal das Ohr eine Woche drauf ist es der Hals der Magen der Darm nachts hat sie Husten tagsüber keinen Stuhl Herzklopfen Gliederschmerzen Nasenbluten sie leidet unter schwarzen Löchern nächtlichen Ängsten liegt morgens wach hat wöchentlich Migräne fällt vierteljährlich in Ohnmacht dann ruft sie mich an und sagt *ich sterbe!* nach fünf Minuten ist sie wieder dran sie hat sich jetzt im Griff und spielt die Schmerzgeplagte die vergeblich klagte vergeblich um Hilfe rief Ariane hat Rheumatismus wenn es regnet Ariane kriegt Zustände wenn es heiß ist Ariane ist hingefallen als sie kam weil sie mit ihrem Absatz in den Chinateppichfransen hängenblieb Ariane hat Nierenschmerzen Ariane hat ihr Gebiß verlegt Arianes Brille ist verschwunden Ariane muß sich einen Fußwärmer kaufen weil sie an Händen und Füßen friert Arianes Knöchel ist geschwollen Ariane hat einen Schiefhals Ariane tropft sich künstliche Tränen ein weil sie nicht weinen kann Ariane schläft mit Wachsstöpseln in den Ohren und einer Maske über den Augen Ariane verträgt Knoblauch Paprika Curry Zwiebeln warmen Käse kalten Lachs Tartar und Huhn im Topf nicht Ariane mag nur gefrorene Fischecken ohne Gräten Ariane braucht immer Alka Seltzer Natron nur zum Aufstehn und zum Schlafengehn Ariane rennt jede Woche zum Arzt und läßt jeden Monat einen Check-up machen Ariane gönnt sich immer öfter einen kleinen Birnenschnaps zum Fernsehn Ariane trinkt nur Zitronentee den sie in Flaschen abfüllt die in der Küche herumstehn um ihn auf Zimmerwärme abzukühlen weil niemand sie liebt liebt Ariane ihr Leiden weil niemand ihr zuhört hört sie auf ihren Körper darin ist sie geübt Ariane hat dieses Stück gespielt solange ihr Mann gelebt hat sie ließ ihn aus einem Geschäftsessen rufen weil ihr schlecht geworden war in einem Schuhgeschäft sie wünschte sich am Wochenende traute Zweisamkeit und mußte statt dessen mit den Gästen ihres Mannes zu Abend essen das tat sie dann auch und lief alle zehn Minuten hinaus um sich zu erbrechen Ariane erzählte gern von Überfällen von Kriminellen die ihre Tasche raubten und üblen Gesellen die sich Frechheiten erlaubten Ariane mühte sich redlich um die Beachtung des Gatten zu erlangen ständig hat sie sich etwas Neues eingefangen allerlei Malaisen und Unpäßlichkeiten erfunden und Stunden um Stunden bei ihrem Doktor zugebracht weil ihre Haut ein wenig gerötet war ein Augenkribbeln sie plagte ein Magengrimmen ihr Angst einjagte das war ein ständiges Pillenzählen Säftemessen und Dosieren von Pudern und Gelen morgens nahm Ariane Sonnenblumenöl zum Gurgeln abends zum Abführen Rizinusöl Ariane glaubte an die Kraft der Pflanzen Ariane nährte sich von Körnern Ariane hat ihr ganzes Leben lang das arme kleine Vögelchen gespielt das ein krankes Köpfchen ein wehes Füßchen hat und Hilfe braucht kaum hast du ihm geholfen scheißt es dir ins Gesicht und fliegt weg um anderswo das arme kleine Vögelchen zu spielen Ariane predigte Selbstaufgabe Ariane war wie eine Furie die nach der Weisheit Buddhas dürstet doch sich von ihrem wahren Wesen überwältigt in ihrem Zimmer einschließt und vor Schmerzen schreit weil sie nicht weinen kann Ariane drohte ständig zu sterben der Liebesmangel würde sie *noch einmal töten* sprach sie den Gatten hat sie schon ins Paradies befördert mich hat sie auch schon halb erledigt wem Ariane sich hilfeheischend an den Hals wirft der steht am Ende ausgesogen da wie die Föhren in denen Prozessionsspinnerraupen ihr Nest gebaut haben äußerlich aufrecht doch inwendig hohl und verdorrt Ariane hat keinen Grund zum Denken Ariane hat nur Grund zur Beschwerde sie stampft mit dem Fuß auf wird zornig und fordert Beweise unendlich viele Liebesbeweise ihr Mann gab ihr nach und ärgerte sich ich gebe nach und ärgere mich doch die Mandragora zählt zu jenen Generälen denen ein Sieg nicht genügt zu jenen Feldherrn die ein längst erobertes Land bombardieren nur um den Kitzel der Macht zu spüren und wenn sie den Treueeid nicht tränenreich ertrotzen kann dann ändert sie die Taktik und gibt sich mit kleinen Fügsamkeitsgesten zufrieden so führte sie nur eins im Schilde als sie heut nachmittag den Sturm eröffnet hat mit ihrer Geschichte von dem Verrückten und seiner kranken Mutter sie wollte mich dazu bringen morgen anzurufen wenn das Teekränzchen tagt just in dem Augenblick wo alle Freundinnen bei ihr versammelt sind um Tee zu schlürfen soll das Läuten erklingen dann wird sie aufspringen und zum Telefon eilen den Hörer abheben und die Komödie der mondänen Mutter geben der die Liebe ihres Sohns die Luft zum Atmen nimmt *ich kann jetzt nicht mit dir reden Liebling ja wir sind mitten im Gespräch ruf später wieder an mein Schatz* dann wird sie den Hörer auflegen und sich an ihren Platz zurückbegeben seufzend *daß ihr Sohn nur einen Fehler habe er rede immer zuviel am Telefon Endlosgespräche könne sie aber nicht ertragen da müsse sie eben basta! sagen* noch einmal seufzend der Junge hänge schon ein wenig zu sehr an ihr kaum ist das Teekränzchen aufgehoben stürzt sie zum Telefon um mich zu fragen ob ich auch ohne ihre Bitte angerufen hätte *Ende der Woche hätte ich dich auf jeden Fall angerufen* sage ich *wenn du nur anrufst weil du dich langweilst am Sonntag und weil die Alte sich langweilt kann ich mich nicht darüber freuen immer muß ich dich daran erinnern daß es mich noch gibt und daß du mir Achtung schuldest nie versuchst du mir eine Freude zu machen du suhlst dich bloß in deinem Selbstmitleid du brütest über deinem Unglück und bläst ständig Trübsal was anderes fällt dir nicht ein du bist ein egoistisches Monster* sagt die Mandragora zum Schluß mit ihrem englischen Akzent den sie wer weiß wo aufgegabelt hat kein Tropfen englischen Blutes fließt durch Arianes Adern Arianes Ahnen stammen alle aus dem Périgord all unsere Ahnen stammen aus dem Périgord und die Alraunen der Mandragora wurzeln tief in der Erde des schwarzen Périgord

...

Ariane ruft an und jammert und klagt dreimal täglich hängt sie in der Leitung dreimal täglich schwillt mir der Kopf von dem Gift das sie in meine Ohren träufelt dreimal täglich halt ich mit der einen Hand den Hörer mit der andern meinen Schädel und warte auf die Entladung wie ein Tier im Schlachthof dessen Schläfen mit Elektroden behängt sind wenn Ariane auflegt bin ich erstarrt und schäume vor Wut und balle die Fäuste allmählich komme ich zu mir und finde meine Würde wieder bis zur nächsten Attacke doch manchmal ändert Ariane ihren Kriegsplan und kehrt die Schlachtordnung um dann herrscht plötzlich Grabesstille wo vorher Sperrfeuer war Ariane schweigt Ariane verschanzt sich wie zu Lebzeiten ihres Mannes wenn er auf Geschäftsreise ging wenn er Ariane allein ließ in der großen leeren Wohnung allein in dem großen leeren Bett zog sie alle Vorhänge zu verdunkelte alle Räume und irrte im Hauskleid durch ihre Gruft sie aß nichts wusch sich nicht und ließ das Telefon läuten während sie daneben saß und wollüstig die Klingelzeichen zählte in der ersten Zeit ihrer Ehe hat diese Taktik noch gewirkt ist Ariane stets siegreich aus der Schlacht hervorgegangen ihr Mann machte sich Sorgen und rief sie ständig an die ganze Nacht hindurch bis in den frühen Morgen dann kam er überstürzt zurück und fand

Ariane im Hauskleid in der Küche den Mund rot verschmiert von Tomatensauce kalte Ravioli aus der Dose löffelnd die nur halb geöffnet war bei seinem Anblick stürzte sie ins Bad und schloß sich ein und steckte sich zwei Finger in den Hals um die Ravioli zu erbrechen er rüttelte an der Klinke und hämmerte gegen die Tür sie saß am Wannenrand und schluchzte bis er aufgab und sich kampfesmüde in seinen Kleidern auf das ungemachte Bett warf nach einer Weile traf auch Ariane in dem muffigen Zimmer ein um Frieden zu schließen kaum war der Gatte wieder weg ging das Gemetzel von vorne los das in der Wohnung eingesperrte Lamm fraß hungerte verkam bis der Schinder heimwärts eilte um die Wunden seines Opfers zu verbinden das an ihm zerrte zerrte bis er eines Tages nicht mehr wollte und beschloß sich nicht mehr erweichen zu lassen sollte sie doch verrecken in der großen leeren Wohnung in dem großen leeren Bett *ihm wars egal* von diesem Tag an konnte Ariane den *Kult des leidenden Lamms* zelebrieren wie sie wollte sich verschanzen fressen hungern und verkommen wenn der Gatte weg war war er weg und kehrte erst am letzten Tag zurück ein kurzer Anruf zwischendurch war ihm genug Ariane hob ohnehin nicht ab beschäftigt wie sie war mit ihrem Kult des leidenden Lamms den ihr bald die Tatsache vergällte daß der Schinder fehlte doch der Wunsch schwelte weiter es war zu erwarten daß sich das Spiel wiederholte auf einmal verstummt mein Telefon ohne vorherige Warnung bleiben die Klagen aus ich warte einen zwei drei Tage *nichts!* ich fühle mich wie ein zum Tod Verdammter dessen Hinrichtung verschoben ist ich fühle mich wie ein Hund der seinen Stock vermißt ich rufe sie an ich winsle nach den Elektroden an meinen Schläfen ich bettle um meine tägliche Folter ich rufe sie an und lasse es fünfmal zehnmal zwanzigmal läuten ich rufe sie jede Stunde an das Klingeln hallt in der Stille wider doch die Mandragora antwortet nicht Ariane verschanzt sich aber sie frißt hungert verkommt nicht mehr sie macht sichs in der Badewanne bequem in ihrem Bett gemütlich und feixt wenn sie die Klingelzeichen zählt da sitzt sie und betrachtet das Telefon das stündlich läutet und ihr stündlich eine Freude bereitet sie läßt es jaulen und flehen und streckt die Hand nicht zum Hörer hin die Strafe hat noch nicht lang genug gedauert denkt sie und stellt im Geiste eine Liste der Erniedrigungen zusammen die ich ihr zugefügt der vielen kleinen Vergehen die ich nicht ausreichend gebüßt das Läuten hallt durch die Wohnung bis spät in die Nacht und wiegt Ariane in den Schlaf bis sie *basta! basta!* flüstert es beweist ihr immerhin wie abhängig ich bin wenn schon nicht meine Liebe Ariane schläft ein und wiegt sich in der Hoffnung daß ich in meinem Stuhl die Nacht durchwache auf das Morgengrauen wartend um ihre Nummer erneut zu wählen dann endlich gewährt sie mir die Gnade einer Antwort sie nimmt den Hörer ab und sagt zerstreut sie habe den Stecker herausgezogen um in Ruhe zu meditieren um sich mittels einer Schlafkur zu kurieren Ariane macht dauernd eine Schlafkur Ariane schluckt immer Drogen Ariane kaut ständig Kräuter und mischt sich abends Schlummertränke in die Suppe Ariane scheut kein Mittel um ihr Gedächtnis zu zerrütten um ihr Scheitern zu vergessen um ihre wachen Stunden abzukürzen die Schlafkur ist der Gipfel der Raffinesse in der von Ariane geübten Fluchtkunst denn manchmal helfen Drogen Kräuter Tränke nicht manchmal ist Ariane nicht im Einklang mit ihrer Wohnung ihrem Linnen ihrem Lager manchmal senden die Wände schädliche Schwingungen aus die sie nächtens quälen und am Schlafen hindern dann verschwindet Ariane plötzlich ohne vorherige Warnung flieht sie in einen Kurort nie ruft sie mich von dort aus an beschäftigt wie sie ist mit ihrem Körper den sie röntgen purgieren massieren läßt um die schwarzen Gedanken die weißen Nächte zu vertreiben und wenn ich zehnmal dreißigmal hundertmal bei ihr zu Hause angerufen habe dann versuche ichs in diesem Kurort und erreiche Ariane im Grandhotel wie immer sie hat eine himmlische Schlafkur hinter sich und möchte schleunigst nach Hause weil sie diesen Haufen von Scheintoten Mumien wandelnden Ersatzteillagern und brandigen Krüppeln nicht mehr erträgt *du könntest mir Blumen schicken zum Empfang* sagt Ariane ich schicke ihr Blumen mein Telefon klingelt Ariane ist dran kaum zurück von ihrer himmlischen Schlafkur gräbt sie das Kriegsbeil wieder aus *die Blumen haben ihr gar keine Freude gemacht* ich hätte eben nicht selber dran gedacht ich könnte doch einmal selber daran denken immer muß sie mich erinnern ihr etwas zu schenken und darauf pochen daß ichs tu *und wozu* das macht ihr einfach keine Freude doch beim Teekränzchen erzählt sie *mein Sohn hat mir Blu-*

men geschickt zu meiner Heimkehr! der liebe Junge! er ist immer so aufmerksam! daß es nicht einmal Rosen waren verschweigt sie angeblich kann ich ja Rosen nicht leiden und weigre mich deshalb ihr welche zu schenken und ordre telefonisch Blumen die schon verwelkt sind wenn sie kommen und Ariane an einen Grabkranz gemahnen das freut sie gar nicht! im Gegenteil! ständig hat sie das Gefühl sie müsse um Almosen betteln und erhalte zur Antwort nur kühl und unmißverständlich *krepier doch endlich!* sie sterbe ohnehin bald und vererbe mir das Vermögen das sie angeblich mit ihren Kuren vergeude dann hätte ich ein sorgenfreies Leben und könne mich ganz und gar der Philosophie ergeben ich solle nur drauf achten mich nicht allzusehr am Denken aufzureiben und nicht Raubbau zu treiben an den schwachen mir noch verbleibenden Kräften sie sterbe ohnehin bald da sei ein bißchen Anstand und Benehmen doch wirklich nicht zuviel verlangt da müßte ich mich doch dazu bequemen ihr so viele Blumen und Päckchen zu schicken wie ihre Freundinnen von ihren Söhnen bekämen damit sie keinen Grund mehr hätten sie ständig zu beschämen indem sie sagten *die Arme! ihr Sohn hat nichts für sie übrig das kommt davon weil er sich diesen Virus eingefangen hat und plötzlich nicht mehr laufen wollte eines Tags jetzt ist er an den Rollstuhl gefesselt was hat sie nicht alles für ihn getan Experten Scharlatane Gurus und Schamanen konsultiert doch es hat alles nichts genützt er sitzt im Rollstuhl seit er siebzehn ist und zur Krönung des Ganzen hat der Gelähmte nichts andres im Kopf als seine Philosophie*

. . .

Totesaison kommt fast täglich in die Impasse des Deux Anges um mir die Ohren vollzuleiern mit Filmen in denen sie war mit Filmen die sie wieder sah wohl wissend daß das Kino mir ein Greuel ist eine banale Gaudi von gerissenen Gaunern in den Rang einer minderen Kunst hochgelobt *das Kino ist die Krone des Dilettantismus!* sage ich zu Totesaison *eine beklagenswerte Erscheinung die diesem Jahrhundert der Amateure gerade noch gefehlt hat!* Totesaison mag alles was es im Kino gibt sie liebt Melodramen Schwarze Serien Abenteuerfilme Bigotterien Pseudometaphysisches und sogar Western die einzige Art von Tragödien die das Kino verdient Totesaison kommt und spuckt Titel von Filmen die sie wieder und wieder sieht Filme bei denen sie Angst hat Filme die sie zu Tränen rühren Filme die sie zutiefst deprimieren nach der Sitzung trabt sie mit ihrem kleinen schwarzen Koffer in die Stadt ein Säckchen Sonnenblumenkerne in der Tasche die sie den ganzen Tag lang knabbert wie ein subversiver kleiner Kobold trabt sie durch die Stadt sie taucht bald da bald dort auf und in ihrem kleinen schwarzen Koffer ist womöglich eine Bombe doch niemand bemerkt die kleine Gestalt mit den kurzen schwarzen Haaren sie kommt von weither sie ist von woanders niemand bemerkt die leeren Augen die tiefen Falten um den noch roten Mund das an einem Tag mit einem Schlag gealterte Kindergesicht *eine Witwe!* schoß es mir durch den Kopf als ich Totesaison zum ersten Mal sah beim Überqueren einer Straße in der Nähe der Impasse des Deux Anges blieb sie auf einmal stehen hob ihren Koffer wie um ihr Gesicht zu schützen sich zur Wehr zu setzen gegen einen unsichtbaren Feind dann ging sie weiter ein paar Tage später sah ich sie wieder mit ihrem kleinen schwarzen Koffer saß sie auf einer Bank des kleinen Parks bei der Impasse des Deux Anges es schneite ein bißchen die Straßen waren verlassen ich fuhr mit meinem Rollstuhl zu ihr hin und sagte *niemand ist mehr in der Stadt! es ist die tote Saison* gab sie zur Antwort seither kommt Totesaison fast täglich in die Impasse des Deux Anges einmal schweigt sie wie ein stummer Götze ein andermal weiht sie mich mit schallendem Gelächter in ihr Hexengeheimnis ein und klappt den kleinen schwarzen Koffer auf der voller Zeitungsschnipsel ist Totesaison sammelt Vermischtes vor allem Familiendramen *stell dir das vor!* dreimal haben sie versucht den Vater umzubringen dreimal hat ers geschafft dem Tod von der Schippe zu springen am Ende fiel ihnen nur noch ein Mittel ein ihn um die Ecke zu bringen sie haben Tabletten zerstoßen und mit den Körnchen sein Frühstückshörnchen gefüllt *und jetzt hör dir das an!* Selbstmord einer ganzen Familie sie hatten beschlossen zusammen zu sterben der Vater die Mutter und die fünfzehnjährige Tochter sie hatten die Tat gemeinsam geplant erst hat der Vater im Elternschlafzimmer die Tochter erschossen mit einer Zweiundzwanziger mit abgesägtem

Lauf dann stand das Mädchen wieder auf obwohl die Kugel durchs Gehirn gegangen war holte Patronen lud die Flinte legte den Eltern Kissen aufs Gesicht und drückte ab neben dem Bett lag ein Buch mit dem Titel *What Do You Care What Other People Think* was die anderen denken ist *Nino dem gestürzten Idol* schon längst egal er hat nur noch seine Tochter die grade fünfzehn ist und schickt sie von dem letzten Rest seiner Tantiemen aus Erfolgen die nun auch schon dreißig Jahre her sind auf ein Schweizer Internat Nino ist so stolz auf seine Tochter Nino zittert vor Erregung wenn er die Schwesternschülerin besucht Bewegung übermannt ihn wenn er sie sieht zweimal im Jahr und einen Tag mit ihr verbringt dann verschwindet er wieder die Schwesternschülerin hat keine Ahnung was ihr Vater treibt er lebe am andern Ende der Welt erzählt Nino seiner Tochter Nino hat seine Geschichte verkauft weil ihm das Geld fehlt seine Tochter noch ein Jahr aufs Internat zu schicken Nino unterbricht sich ein ums andre Mal und quält die Journalistin mit der Frage ob ihre Zeitung auch wirklich nicht erhältlich sei im Internat wo seine kleine Nonne weilt ihr soll nichts davon zugetragen werden sie soll glauben daß ihr Vater nach jedem Besuch im Internat zurück auf seine Insel eilt sie soll glauben daß diese Insel von einem Volk bewohnt wird das ihren Vater zutiefst verehrt sie soll glauben daß die Insel jedes Jahr für sieben Wochen im Meer versinkt daß ihr Vater die sieben Wochen mit seinem Volk auf Flößen verbringt und daß die Insel nach sieben Wochen wieder auftaucht Nino trägt immer dieselbe zu enge Jacke dieselbe schäbige Hose wenn er seine Tochter besucht er braucht keine Kleider sagt Nino dort auf der Insel am Ende der Welt sind alle nackt und haben kein Geld kein Foto von Nino soll in der Zeitung erscheinen die Journalistin muß sich mit der reinen Beschreibung zufriedengeben das Gesicht des gestürzten Idols schreibt sie sei von Flöhen zerbissen das Hemd des gestürzten Idols schreibt sie starre vor Fett das gestürzte Idol schreibt sie sitze an einer Straßenecke in eine stinkende Decke gewickelt und bettle *ich freu mich an jeder Einzelheit von Ninos Sturz* sagt Totesaison er ist in ihren Augen der Beweis für die Bedeutung der philanthropischen Agentur Maya bei der sie angestellt ist *Blamagen Pleiten Mißerfolge Machtverlust und schwindenden Ruhm* verhüllt die Agentur Maya mit dem Mantel der Illusion zu Zeiten narzißtischer Deflation bringt die Agentur Maya gefälschte Assignaten der Eitelkeit in Umlauf für ein Jahresabonnement bei der Agentur Maya erhalten ehedem berühmte *Politiker ohne Mandat vergessene Dichter Diven ohne Etat Schauspieler in Pension Sängerinnen unter der Rubrik aus Altersgründen schwer vermittelbar* als Beruhigungsmittel den Pressespiegel der von den Angestellten fleißig fabrizierten Artikel für ein Jahresabonnement bei der Agentur Maya erhalten die Schiffbrüchigen der öffentlichen Meinung *Reportagen Rezensionen Meinungsumfragen Bittbriefe von Bürgern Beistandskundgebungen von Parteigängern Beileidsbekundungen von Bewunderern und Post von Verehrern* Echos dessen was die ehedem Berühmten einstmals waren aber heute nicht mehr sind es sei denn in den wirren Köpfen der Schreiber der Agentur Maya die in den Kellern der Rue de l'Échaudé aus den Archiven gespenstischer Größe schöpfen das große Buch der gefallenen Sterne die Enzyklopädie der Eitelkeiten und das Register der Tröstungen ans Tageslicht zerren und stets daran denken die Reptilienfonds der Eigenliebe zu mästen und den Weihrauchkessel eifrig zu schwenken damit nicht strenge Gerüche die Luft verpesten Totesaison verspricht Rosengärten jätet Bitternisse sät Illusionen läßt Hoffnungen keimen wie alle Schreiber der Agentur Maya doch anders als die andern die nehmen was kommt breitet Totesaison ihre Fittiche ausschließlich über senile Idole die in ihren Krankenzimmern residieren wie in Museen ihrer selbst über sieche Mimen die aus den Tiefen ihrer Bettgruft die Partie des jungen Helden rezitieren über alte Schwätzer die andächtig sabbern wenn sie ihre früheren Triumphe memorieren Totesaison läßt die Lahmen wieder gehen Totesaison läßt die Toten auferstehen und überhäuft sie mit Ruhm und Ehren Totesaison verleiht Tapferkeitsmedaillen an Hochbetagte und Ehrenpreise an hochbegabte Greise Totesaison streut Brosamen des Trostes und die todesmatten Täubchen taumeln zu ihr hin das gerupfte Geflügel fliegt auf sie läßt sich auf ihren Armen nieder krallt sich in Stirn und Haar und frißt ihr aus der Hand sie gibt ihnen Futter mästet die Vögel mit Lobhudeleien streichelt ihr aufgeplustertes Gefieder und vergoldet ihr Mieder Totesaison ist der Engel der Moribunden

...

die Mandragora schluchzt schnappt nach Luft am Telefon weil ich ein Ungeheuer bin der Teufel in Person ich habe ihre Freundin aus meiner Höhle verjagt die liebe Mildred die ganz verstört von mir geflohen sei und sich danach zu Haus in Krämpfen wand zum Glück hat sie sich schnell erholt und die Mandragora angerufen um sich bitter zu beklagen über diesen Holzklotz ihren abscheulichen Sohn der vom Studieren versauert vom Philosophieren verkorkst sei und durch den ausschließlichen Umgang mit Büchern für den Umgang mit Menschen verdorben immer wieder habe die liebe Mildred sie ihres tiefsten Mitgefühls versichert *wie müssen Sie gelitten haben meine arme Freundin* sagte die liebe Mildred bedauernd *jetzt erst weiß ich was Sie erdulden* und die Mandragora war vor Erschütterung ganz starr und tat sich selbst so leid daß sie heiße Tränen über ihr Schicksal vergossen hätte *wenn sie hätte weinen können* vom Unglück der Freundin tief gerührt sandte die liebe Mildred ihr noch am selben Nachmittag Blumen und mit diesem Frühlingsstrauß vor Augen der so schlicht so frisch ein Inbegriff des Lebens ist spricht die Mandragora zu mir sie fordert eine Erklärung für mein unmögliches Betragen wie konnte ich es wagen ganz abgesehen von dem Skandal im Kreis der Teetischtanten die liebe Mildred zu verjagen die mir doch bloß eine

Freude machen wollte die liebe Mildred die mein Portrait malen sollte ein kleines Aquarell das die Mandragora in einen Rahmen schlagen und bei sich im Salon hätte aufhängen können oder bei mir wo nur die krummen Striche die makabren Stiche von diesem Kubin die Wände zieren für den es nur eine Entschuldigung gibt nach ihrer und Mildreds Meinung *die rührende Liebe nämlich die ihn dazu trieb mit neunzehn in die Stadt zu reisen wo seine Mutter auf dem Friedhof lag und sich an ihrem Grab ums Leben zu bringen* die liebe Mildred war auf die Idee gekommen *unseren Philosophen* zu portraitieren das heißt meine Züge auf Leinwand zu bannen das hatte Ariane zum Anlaß genommen mich tagtäglich telefonisch damit zu traktieren und jeden Einwand zu torpedieren es wären doch nur sechs Sitzungen nötig die nie länger als eine Stunde dauern würden tagelang ließ sie mich keine Minute damit in Ruhe bis ich schließlich nachgab des Kampfes müde und wutentbrannt wie üblich und mich mit den Besuchen der lieben Mildred abfand unter der ausdrücklichen Bedingung daß sie kein einziges Mal den Mund aufmachte so wurde es beschlossen die Mandragora schwor Stein und Bein die liebe Mildred sei die schweigsamste Person die je das Licht der Welt erblickte dann kam die liebe Mildred mit ihrem Plunder ich war gerade dabei die Zeitungen zu lesen und wies ihr einen Stuhl mir gegenüber zu tatsächlich machte sie an diesem ersten Tag nicht einmal den Mund auf ich aber sah die Gesichtsmuskeln zucken und das Waschweib in ihr aufbegehren im Lauf der nächsten Sitzung ist es dann geschehen eigentlich wollte die liebe Mildred sich über den Luftzug beschweren der ihren Nakken streifte sie tat den Mund auf und kriegte ihn nicht wieder zu kaum hatte ich michs versehen stürzte ein Schwall von Worten auf mich ein wovon ich nichts begriff und nichts begreifen wollte ich wies ihr die Tür und schrie *verschwinden Sie!* die beiden Worte wurden von der lieben Mildred natürlich sofort kolportiert woraufhin die Mandragora nichts Besseres zu tun hatte als mich anzurufen um mich vollzumähren und mir am Ende zu erklären daß sie um meinen Fehler wieder auszubügeln ihren Freundinnen versprochen habe mich zu einem ihrer nächsten Kränzchen zu zitieren ich sage ganz trocken ich würde mich weigern diese schnatternden Schnepfen zu hofieren und ihnen womöglich die Krallen zu küssen wenn sie beflissen mein gutes Aussehn und meinen todschicken Rollstuhl bewundern ich würde kein Wort mit all den lieben Mildreds wechseln die *unseren Philosophen* zu sich bitten damit er ihren Kreis mit seinem Wissen erleuchte wiewohl sie wie sie glucksend eingestünden nicht ein Wort von dem verstünden was ich sagte *weil ein schwarzer Gedanke in meinem Kopf den nächsten jagte* das sei ja als ob Neger in einem Tunnel kämpften sie würden sich aber schrecklich darüber freuen von all den gräßlichen neuen Dingen zu hören die mir anscheinend ständig im Kopf herumgingen ich könne es einfach nicht über mich bringen vor diesen Betschwestern aufzutreten die aus lauter Langeweile den Antichrist zu sich bäten um nachmittags in ihrer Runde vor Schrecken angenehm zu erschauern ich müsse bedauern *bevor sich deine senilen Papageien an meiner Philosophie den Schnabel wetzen werfe ich die Perlen lieber vor die Säue* die Schärfe meiner Worte schneidet der Mandragora ins Herz es geschieht mir ganz recht daß ich im Rollstuhl sitze weil ich nichts und niemanden liebe außer dem Unglück das mir widerfahren und meiner *splendid isolation* in diesem Loch voller Bücher wo ich mich vor der Welt verkrieche verrückt vor Schmerz sagt die Mandragora mein Hochmut werde mich verdorren meine Menschenfeindlichkeit mein Blut vergiften bis ich als Mumie im Rollstuhl säße dann würde es mir leid tun daß ich die Gesellschaft meiner Toten der der Lebendigen vorzog meine Idole seien schuld an der Krankheit die erst meine Beine dann meinen Kopf befallen habe *deine Schreiberlinge* sagt die Mandragora *sind lauter Angeber die der Diktatur der schwarzen Gedanken zur Macht verhelfen du nennst sie rein wo es doch lauter Gauner Schieber Falschmünzer des Denkens sind die von der Inflation des Selbstmords leben deine Meister werden alte Knochen und schicken andere an ihrer Statt ins Feuer* wenn die Mandragora so redet weiß ich daß sie sich nicht ihren Kopf zerbrochen hat daß sie sich alleine nicht so hochgestochen mit meinen Lehrern anlegen könnte weil sie dazu nicht die Stirn hat sondern bloß im Hirn hat wie der Dozent in den Vorträgen tönte in die sie ständig rennt um sich mit Allgemeinplätzchen vollzustopfen und geistvolle Mätzchen für ihren Teetisch zu horten wo sie montags mit klugen Worten über Monets japanische Ausdruckskraft brilliert und freitags vom Licht bei Boudin schwadroniert von all den schönen Dingen die der Dozent sie lehrte der einen unglaublichen Charme hat und eine enorme Bildung der Mann der meine Lehrer verunglimpft der meine Philosophie als *theoretischen Holzweg* beschimpft und über meine Prätentionen lästert was der Mandragora die Möglichkeit eröffnet sich über meine Mühen zu mokieren mir fehlen die Worte es kommt mir nicht in den Sinn ihr die grotesken künstlerischen Ambitionen vorzuhalten die sie zeit ihres Lebens nährte kaum verheiratet verfiel sie auf den Gedanken sie sei zur Sängerin berufen um ihrem Stern zu folgen nahm sie zweimal pro Woche Unterricht und lag ihrem Gatten morgens und abends mit ihren Vokalisen in den Ohren dann war auf einmal Schluß die Wohnung hallte nicht mehr von Skalen wider die Gesangsstunden wurden gestrichen und Ariane sprach nie wieder von ihrer Berufung bis sich der charmante Dozent in einem Vortragszyklus zur Repräsentation der verlassenen Frau in der Musik über Lisa della Casa und deren göttliche Ariadne ausließ das brachte Arianes Blut in Wallung sie schäumte wider ihren Gatten der ihren Drang gemindert ihren Schwung gebremst und sie daran gehindert hatte die Lisa della Casa des schwarzen Périgord zu werden *schon der Gedanke* machte sie rasend ihr Zorn ist keineswegs verraucht jetzt liegt sie mir in den Ohren mit ihren Klagen sie habe sich selbst nicht verwirklicht Ariane hat eine neue Wunde gefunden an der sie ständig kratzt abends hockt sie in der Wanne wie Ariadne auf dem Felsen und bebrütet ihr Unglück

Tropfen rinnen ihr übers Gesicht es ist der heiße Dampf der aus dem Wasser steigt doch könnte man meinen sie würde weinen im Radio dudelt seichte Musik in den Walzern hört Ariane ihren Kummer ihre Klage widerklingen wenn sie davon genug hat schaltet sie um zu den salbungsvollen Reden von Blaustrümpfen Dozenten Dichterlingen die diese Welt durch eine rosarote Brille betrachten und die auf diese Weise gewonnenen Weisheiten auch noch öffentlich ausschlachten doch Ariane in ihrem Bade ist von Begeisterung hingerissen sie angelt sich aus der Lade des kleinen Schränkchens neben dem Waschtisch Block und Bleistift und schreibt mir bittere Briefe *du bist ein Versager!* schreibt sie *mein Sohn ist eine Null!* vom Sermon der Kulturpriester in ihrer Wanne eingelullt und vom Dampf benebelt drischt sie auf mich ein *mein Sohn ist bloß ein Philosoph den keiner liest und den man nie im Rundfunk hört* dann schickt sie mir die dampfgeschwängerten bleistiftbekrakelten Zettel kaum habe ich den Brief erhalten und das Kuvert geöffnet klingelt das Telefon Ariane fleht mich an ihr zu vergeben ich soll den Brief zerreißen ohne ihn zu lesen oder aber lesen und sofort vergessen daß sie es war die ihn geschrieben hat am Nachmittag desselben Tages kommt sie mich besuchen in dem schwarzen Kleid das ich so gerne mag sie war beim Friseur sie bringt Wein und ein Plaid mit für meine Knie sie schwirrt um mich herum sie girrt und träufelt Honigseim in meine Ohren ich zucke zurück und ducke mich um den vermaledeiten Schmeicheleien zu entgehen

. . .

die Mandragora lädt sich zum Abendessen ein in mein Moderloch made in Motherland weil es sich so gehört daß der Sohn die Mutter nährt daß ein Mann die verehrt die ihn geboren hat und ihm im gleichen Zug die nächtliche Wollust beschert die darin liegt sich selbst zu verfluchen zu hassen zu schmähen sich zu zerfleischen bis ein heimtückischer Morgen sein im Kampf zerwühltes Laken befleckt in das er sich am Schluß erschöpft vergraben hat und ihn aus seinen Qualen schreckt wie er sich da vernichtet liegen sieht tut er sich leid und schöpft aus seinem Selbstmitleid die Hoffnung daß der neue Tag ihn tröste und ihm die Kraft einflöße die Mandragora in seiner Höhle zu begrüßen er versucht sich einzureden daß er um sich zu erlösen seine bösen Nachtgedanken büßen und sich entschließen müsse ihrem Verlangen nachzugeben und sie bei sich zu empfangen weil sie ihn so oft zu sich gebeten um die traute Zweisamkeit zu genießen die ihr der Gatte nie gewährt er speiste lieber in großer Gesellschaft und wenn er sich mit Ariane begnügen mußte verschlang er das Essen in Rekordzeit während er die Tagesakten oder die Abendzeitung las Ariane die Unsichtbare saß ihm gegenüber und aß der erste Bissen wurde zerpflückt bis auf der Gegenseite alles verdrückt war und der Gatte ungeduldig mit den Füßen scharrte während Ariane darauf beharrte aus diätetischen Gründen wie sie sagte jeden Bissen achtunddreißigmal zu kauen in Wahrheit wollte sie den Gatten zur Strafe warten lassen bis sie die Tafel aufhob doch indem sie das Ende aufschob plagte sie sich bloß selbst denn der Gatte machte es sich aus Rücksicht auf ihre Verdauung und diätetische Weltanschauung die er wie er sagte nicht stören mochte zur Gewohnheit nach dem Ende seiner Mahlzeit sich in sein Büro zurückzuziehen und Ariane sitzen zu lassen vor dem vollen Teller und dem Fernsehapparat den er bevor er ging taktvollerweise immer eingeschaltet hat Ariane blieb an dem großen leeren Tisch allein da schwor sie sich in ihrer Pein Genugtuung zu fordern von dem Sohn der ihr dereinst geboren würde der liebe Junge bliebe ihr nicht ungeschoren so einfach käme der ihr nicht davon schwor sich Ariane wenn sie den Alten schon verloren hätte müßte der Junge es eben büßen und ihr das Leben versüßen sie würde ihre traute Zweisamkeit mit ihm genießen und wenn sie ihn am Tisch anschließen müßte so saß Ariane allein vor ihrem vollen Teller und kaute ihren Plan durch Punkt für Punkt und hat ihn Punkt für Punkt verwirklicht tagtäglich durfte ich Ariane bei Tisch betrachten wie sie in tiefer Grübelei mehrfach mit dem Messer entzweigeschnittene Bissen auf ihre Gabel schob die sie mechanisch zum Munde hob und wie den ewiggleichen Grundsätzen ihrer Diät getreu ihr Kiefer achtunddreißigmal im Takte klackte das ging so viele Jahre lang bis ich es nicht mehr ertrug und in meiner Qual als Ausdruck meines Ekels meiner Abwehr meiner Ohnmacht ein

Mittel fand um meine Haut zu retten ich nahm meine Beine in die Hand die mir aus dem Stand den Dienst versagten am selben Tag an dem ich von dem rätselhaften Virus endgültig an den Stuhl gefesselt wurde gab Ariane bekannt daß sie den *Anblick eines Wurms* an ihrem Tisch auf keinen Fall ertragen könne und gab sich schnell geschlagen als ich ihr meinen Wunsch gestand allein zu leben in der möblierten Wohnung die ihrem Gemahl von seiner Mutter vererbt worden war und die seit Jahren leer stand Ergebung heuchelnd in ihr Schicksal ließ Ariane mich gehen und ward nicht mehr gesehen sie verschwand fast ganz aus meinem Leben in meiner Höhle in der Impasse des Deux Anges hat sie mich nie besucht nur am Anfang jeden Monats hat sie angerufen und Geld abgebucht um es auf mein Konto zu überweisen Ariane war auf der Flucht Ariane verwünschte ihr Geschick Ariane versuchte sich von ihrem Unglück abzulenken wie zu Lebzeiten des verblichenen Gemahls und begab sich in seligem Angedenken auf die Jagd bloß daß die schöne Amazone von einst nicht mehr ohne eine dicke Schicht Puder auskam und selten jemanden traf der meinte daß es sich lohne sich zu bükken um die verblühte Rose zu pflücken geschweige denn sie zu hegen und pflegen bis sie von neuem erglühte höchstens um sich zu erregen wollte mancher sie schnell an sich drücken um sie gleich wieder wegzulegen so mußte Ariane ihr Revier auf Tanzcafés beschränken dort trug sie ihr Gerippe zur Schau sowie die Verzweiflung der verratenen und von Mann und Kind verlassenen Frau im Club Sirene für einsame Herzen wurde sie am Rand der Tanzfläche fündig doch allzu bald verschwand die zwielichtige Gestalt und am Abend saß Ariane wieder allein an ihrem großen Tisch und erstickte fast an ihrer Bitternis eine Träne entrang sich den trockenen Augen die noch nie geweint als Ariane die Manschette ihrer Bluse löste und ihr Handgelenk vor dem Messer entblößte das freilich nicht schnitt denn sie ernährte sich seit Jahr und Tag weil ihr Gebiß nicht mehr das allerbeste war und immer noch getreu den ewiggleichen Grundsätzen ihrer Diät von weichgekochtem Gemüse und salzlosen Brühen denen nun Würze verliehen wurde durch die Tränen die zum ersten Male flossen und sicher weiter geflossen wären hätte Ariane sich nicht erneut dazu entschlossen den Club Sirene aufzusuchen und sich dabei im Stockwerk geirrt und verwirrt die Tür zu einem Saal aufgestoßen wo sie ihren Meister fand *den Apostel* der gerade einem Haufen welker Ohren eine Predigt hielt mit einem Schlag verstand Ariane die sich auf der Suche nach der Tür zum Club Sirene für einsame Herzen befand warum sie so verloren war der Meister hatte ihr gerade einen neuen Weg eröffnet weil er zu meinem Unglück just in dem Moment da die Mandragora den Raum betrat vor ihren *Schwestern im Leiden* wie Ariane sie damals schon nannte dreißig Gebärmüttern aus denen eine unbekannte Zahl wimmelnder Würmer gekrochen war das Lob der Erde und der Gebärmutter sang mit einemmal fiel Ariane wieder ein daß auch ihr eigner Uterus sich eines Wurmes rühmen konnte der zwar ein Rohrkrepierer war jedoch *durch ihre Liebe diese Liebe die wie eine späte Blüte ihrem Leib entsprang gerettet würde vor dem Untergang* nachdem sie alle lebenserhaltenden Geräte abgeschaltet hatte alle Stecker gezogen alle Kabel gekappt kam die Mandragora zurück um mich in ihren Brutkasten zu stecken um mich unter ihrem Sauerstoffzelt zu ersticken nach zwei Jahren ließ sie sich erstmals wieder blicken um sich als gute Mutter in ihre Rolle zu schicken Ariane hat sich in ihr Schicksal der welkenden Pflanze gefügt die still und allein im frisch gemachten Bette liegt fast ohne einen Abdruck zu hinterlassen seitdem hat Ariane montags und freitags ihren Teetisch mittwochs musikalische Matineen sonntags Vorträge und Führungen und an den restlichen Tagen verwirklicht sie Punkt für Punkt ihr Programm der mütterlichen Liebe oder was sie darunter versteht das bedeutet unerwartete Überfälle mit überstürztem Rückzug Gefühlsbäder mit kalter Dusche im Anschluß Geifer in Zuckerguß den sie mir als honigsüßes Gift durchs Telefon in meine Ohren träufelt ganz zu schweigen von ihrem Jammern und Lamentieren von ihren Nervenkrisen die ich zu parieren suche indem ich rechtzeitig teilweise Taubheit vorschütze doch solcher Gleichmut bringt Ariane nur noch mehr in Hitze sie fährt dann stärkere Geschütze auf um sich für die Zeit in der sie mich nicht gequält hat schadlos zu halten und schöpft neue Kraft aus dem Gedanken meine Krankheit sei nicht etwa dem unbekannten Virus zu verdanken der meine Beine lähmte und mich am Rollstuhl festgenagelt hat sondern bloß eine unverschämte *Erfindung meines kranken Hirns* um Ariane den letzten Stoß zu versetzen den letzten Beweis für ihr Scheitern zu liefern das totale Scheitern ihres ganzen Lebens und indem ich das tat und ihr den Spiegel vorhielt zwang ich sie zur Flucht also war ich nicht nur der Grund für mein eigenes Unglück sondern auch an Arianes sündigen Jahren schuld Ariane ist eine Dulderin Ariane ist eine Heilige Ariane ist hinfort die gute Mutter im Gegenzug erwartet sie von mir daß ich wie sichs gehört den guten Sohn abgebe ihr gegenüber wenn ich geladen bin zum Abend- oder Mittagessen in trauter Zweisamkeit die garantiert zur Falle wird bald kauft Ariane im Überschwang der mütterlichen Liebe Unmengen Ochsenmaulsalat weil ich den gerne esse wie sie weiß ausschließlich Ochsenmaulsalat mit dem sie mir den Teller bis zum Rand füllt während sie mehrfach erklärt wie sehr ihr graust vor Leuten die Ochsenmaul essen bald kauft Ariane die in der Woche nicht dazu kam ihre Mißgunst an mir auszulassen ausschließlich Käse weil sie genau weiß daß ich Käse hasse und als Gipfel der Raffinesse hat sie ausgerechnet an diesem Abend keinen Tropfen Wein zu Hause und verurteilt mich auf diese Weise zu Wasser und Brot Ariane läßt mich für alles mögliche büßen und erlegt mir strenge Strafen auf ich komme nicht einmal auf die Idee mich zu rächen weil meine Verblendung immer noch in mir die Hoffnung nährt daß Ariane mir eines Tages Waffenruhe gewährt in unserm Nervenkrieg und damit aufhört meinen Geist zu quälen und obwohl sie diese Hoffnung systematisch zerstört kann die Mandragora immer noch auf mich zählen wenn sie sich einlädt in mein

Loch verwandle ich mich jedesmal in einen zaubrischen Zeremonienmeister einen prächtigen Amphitryon der hilfreiche Geister herbeiruft weil er sich immer schlechter bewegen kann mein Freund der große Mann schickt mir seinen Privatsekretär vorbei nicht ohne darauf hinzuweisen daß er mich für ein paar Stunden mit seiner schönsten Feder schmückt denn der Privatsekretär entzückt durch sein rares Talent allen zu schaden mit seinen Rochaden und Scharaden er streichelt jeden mit dem Strich um hinterrücks seinen Streich zu führen *da ist er ja!* mit seinem rasierten Schlangeneischädel mit seinen polierten Butzenglasbrillen mit seinen feisten Pfoten mit seiner dicken Lippe an der die Zigarre im Kleinformat klebt *da ist er ja!* auf seinen kurzen Beinen schiebt er seine Wampe vor sich her und bläht die Brust vor Behagen schon früh am Morgen hat er sich ein Schlückchen Weißen hinter die Binde gegossen in der Sieben-Uhr-Messe das Pfaffentröpfchen genossen und im weiteren Verlauf des Tages wird der Mikrobenbottich noch von vielen großen Schlucken Biers und sauren Weins durchflossen *da ist er ja!* ein zweifacher Witwer und sechsfacher Vater oder umgekehrt und immer noch untröstlich deswegen geht er immer noch auf *Ischenfang* und hat auch immer eine an der Angel und zappelt selber vor Vergnügen daß er davongekommen und dem großen Mann ins Netz geschwommen *da ist er ja!* er gerbte Felle färbte Wellen verkaufte Zuckerwatte und handelte mit aufblasbaren Gummipuppen die er aus dem Ausland importierte und wenn der große Mann *sein Kumpel sein Chef* ihn wieder einmal zum Teufel jagt wegen einer seiner Schlampereien Mauscheleien Kungeleien nimmt er seine Schiebereien wieder auf beklagt den Undank des großen Mannes und trägt mir seine Dienste an er sorgt sich um meinen geistigen Fortschritt obwohl er eigentlich nicht kapiert warum der große Mann so fasziniert ist von meiner Philosophie für ihn bin ich ein Scharlatan ein Lahmer der Blinden Sand in die Augen streut der Sekretär jedoch sieht klar und über seinen Tellerrand weshalb ihm sein Verstand sagt daß sein Auf-der-Welt-Sein wie das Auf-der-Welt-Sein jedes vernünftigen Menschen der in dieses Haifischbecken fällt nur von einer Sorge beseelt sein sollte dem Auf-Draht-Sein

. . .
mein Freund der große Mann hätte es lieber gesehen hätte ich mich auf ein einziges Buch *Die Beweinung* beschränkt und dieses der Jahrtausendwende vorbehalten ein Buch hätte vollauf genügt verfügt der große Mann er läßt zwar gelten daß er mich nicht kennte wären meine andern Bände nicht erschienen doch daß einer zur Jahrtausendwende seine *Beweinung* vollende und verschwände fände er stupende du wärst zur Legende geworden mit meinem Beistand sagt der große Mann ich hätte bis zur Erscheinung deiner *Beweinung* gewartet und dir beim Abgang geholfen ich wäre mit dir ans Meer gefahren und hätte dich an den Klippen entlanggeschoben bis du gesagt hättest halt dann hätte ich den Sitz gekippt und deinen Körper ins Meer gleiten lassen und nichts wäre von dir geblieben als ein todschicker Rollstuhl hoch oben in der Felswand das ist was anderes als sich allein vom Kraterrand zu stürzen und die Sandale zu verlieren unterwegs ein Buch im Jahr 2000 hätte genügt hätte ich mich damit begnügt es wäre eine Tat gewesen von Format ich hingegen habe mich damit vergnügt ein paar feuchte Knallfrösche zu verschießen die kaum die Scheiben erzittern ließen und wollte doch einmal die Welt in ihren Grundfesten erschüttern meinem Freund dem großen Mann war das nicht recht er rügt *du hast ja nicht genug gekriegt* du

mußtest Bücher schreiben um dich aufzuwärmen unreife Bücher die halbverdorben im Magen liegen Bücher bloß zum Zitieren Bücher für nichts und wieder nichts denn wenn man die Liste der Bücher *vom selben Autor* betrachtet gehts einem wie mit den Fotos von großen Familien eine Reihe von Irrtümern denkt man statt so verbohrt an der Liste der Bücher *vom selben Autor* zu feilen hätte derselbe Autor denkt man doch länger im Bade verweilen können und sich entspannen vor dem Kamin und dem Knacken des Feuers lauschen mit seinen Freunden und noch eine Flasche leeren in seinem Garten und den Spatzengeschwadern nachspähn wie sie über die Dächer schwirren im Sommer abends und den Kaninchen zusehn wie sie in die Hekken hoppeln diese verlorene Zeit hätte den Autor gelehrt daß es klüger gewesen wäre solche schlichten Freuden zu genießen und zu verzichten auf seine *halbgaren Bücher für Halbgebildete* die ihn höchstens ein paar Stufen weiter klettern ließen die ihn bestenfalls vom Rang des Wie-heißt-er-noch-gleich in den Rang des Muß-man-gelesen-haben erhoben so daß er verkrampft und gehässig wurde und allzeit bereit jeden ins Bein zu beißen der ihm sein Klappstühlchen entreißen wollte auf dem kleinen Fleckchen Erde wo das Gras grüner war als anderswo hätte er dagegen ein bißchen länger im Bad gelegen ein bißchen tiefer in die Flasche geschaut ein bißchen besser drauf gehört was die Spatzen von den Dächern pfeifen hätten sich seine Gedanken geklärt und ihm die *halbgaren Bücher* verwehrt die doppelt mißrieten weil sein Versagen ihn dazu zwang jedes Scheitern mit einem weitern zu überbieten *dem nächsten halbgaren Buch für Halbgebildete* der neuerliche Fehlschlag gab den Halbgebildeten Gelegenheit des Autors kleine Köttel abzuwägen und der Geschmackskommission vorzulegen der neuerliche Fehlschlag war für die Verstopften die es nie vermochten selbst das geringste Werkchen abzusondern eine Möglichkeit herumzustochern in des Autors Erbrochnem und seinen Winden hinterherzuschnüffeln es ist erbärmlich wie er sich mühte die Mundgerüchler zu verblüffen die doch nur das in ihrem Maule wälzen was andre ihnen vorgekaut die selbst nur wiederholen was sie von wieder andern Mundgerüchlern hörten die ihrerseits nur Gedanken benagen die sie aus den Kadavern des Denkens gefleddert haben es ist erbärmlich spricht der große Mann wie du dich mühtest die Mundgerüchler zu verblüffen die geifern speicheln und beräuchern ihren Gestank und ihren Segen absetzen allenthalben und sich mit einem *nicht schlecht* aus der Affaire stehlen das sie Stilblüten und Meisterwerken aufpropfen um sie in den Zug nach Nirgendwo zu stopfen die Mundgerüchler der Kultur sind die Geißel dieses zu Ende gehenden Jahrtausends spricht der große Mann ihr Atem verpestet *alles* die Atmosphäre ist durchdrungen vom Mief des schnell Gekauten schlecht Verdauten *diesen Auswurf wohlmeinender Mittelmäßigkeit* sagt der große Mann *muß man meiden!* auch auf die Gefahr hin nur noch mit Irren und Blöden zu verkehren sei es doch bei weitem besser sich Banalitäten anzuhören Hirngespinste Flüche Klatsch und Faseleien und dieselben schlechten Geschichten tagaus tagein die nur den Komiker zum Lachen brächten der sie erzähle als die Gesellschaft dieser Gimpel zu ertragen die die Backen blähten mit ihren Bonmots und auf Staatskosten die Welt neu erschüfen und sich als erste französisch empföhlen wenn ihre klugen Konstrukte über Passanten die nichts dafür könnten zusammenkrachten *das Fell sollte man ihnen gerben!* sagt der große Mann sie in die Beine schießen wenn sie dich umschmeicheln dich umwerben die Lippen kräuseln um dir ihr Lob in die Ohren zu säuseln und dich in ihr eitles Schattenreich hinabzuziehen *sie wollen aus dem Gelähmten ihr Püppchen machen ihr Maskottchen das sie amüsiert und ihre Neugier erregt* sie tragen dich auf Händen bis sie befinden daß du ein altmodischer Langweiler bist und sie mit dir nur ihre Zeit verschwenden dann wirst du unter Verlust verbucht *die kleinen Herren muß man meiden* sagt mein Freund der große Mann der die göttliche Gnade in der Gunst von Gecken und Gaunern sucht wie zum Beispiel bei seinem Kofferkuli der mit stolzgeschwellter Brust die Arme vor dem Wanst verschränkt zufrieden auf seinem Sockel hockt wie ein Gockel auf dem Thron des Vizekönigs so daß selbst ich mich von dem Anblick täuschen ließe wischte nicht der listenreiche große Mann gleich mit geübter Geste die gewünschte Wirkung weg und stieße den Kofferkuli vom Sockel in seine klägliche Wirklichkeit er sei seiner Lügen Diebereien bösen Ränke miesen Schliche *und so weiter* leid der Kofferkuli erbebt wenn der große Mann die Stimme erhebt er wird bleich die

Zähne klappern die Zigarre im Kleinformat zittert zwischen seinen Lippen die Knie wanken der Wanst erschlafft die Brust fällt ein er klappt zusammen er buckelt und kuscht und findet so zu seiner natürlichen Haltung zurück zum Glück hat er als Schutz vor dem Gewitter noch seine dicke Haut sein phagozytisches Talent und seine Wandlungsfähigkeit zum Putzlappen Spucknapf Fußabtreter

...

du dachtest es würde genügen wenn du den Gelähmten gibst und Ariane wälzt sich auf dem Boden wirft sich in die Brust und fleht den Himmel an er möge sie an deiner Stelle schlagen du dachtest es würde genügen wenn du den Gekreuzigten spielst und Ariane liegt vor dir auf den Knien umfängt deine toten Beine küßt dir die Füße und wäscht sie und setzt die Schüssel an den Mund und trinkt das Waschwasser bis zum Grund da hast du dich aber getäuscht Ariane träumt nur von Helden Ariane denkt gesund und harmlos wie ein Mädchen das der Pubertät kaum ledig von der Welt nichts als Liebe begehrt und nichts ersehnt als alle Verehrer zu entlassen weil dies Begehren sich über die Maßen erfüllt hat sie möchte endlich *basta!* sagen können endlich den Vorhang fallen sehn vor der obszönen Szene mit der Leiche die daran schuld war daß aus ihrem Leben der Schauplatz eines Gemetzels wurde und aus dem Mädchen die Märtyrerin *die dem letzten Erguß des Erhängten ent sprossene Mandragora* die makabre Fabel begann nicht lang bevor Ariane das Licht der Welt erblickte ihr seit ein paar Tagen vermißter Vater fand sich am Landstraßenrand mit einer Schlinge um den Hals im eisigen Wind an einem Baume baumelnd dem Alten war es gelungen sich zu verdrücken *und zwar zu dem einzigen Zweck* wie Ariane mir ständig erklärt *das Leben seiner*

Tochter im Keim zu ersticken all ihre Blütenträume im voraus zu zerpflücken zu dem einzigen Zweck die stille nur durch ein paar Privilegien aus dem Rahmen fallende Existenz auf die Ariane Anspruch hatte von Anfang an zu knicken und seine Tochter für alle Ewigkeit ins Moor zu schicken doch hat Ariane ihre klägliche Rolle in diesem *mad movie* nicht lange behalten so heißt es Ariane flehte inbrünstig um die Ankunft des Erlösers und der Erlöser kam so mündete die morbide Mär in eine Märchenhochzeit die Märtyrerin mimte die melancholische Meduse und umfing mit ihren Schlangenarmen den Gatten den Retter alles Wehren war vergebens mit der Kraft der Verzweiflung so sagt sie hielt sie ihn fest und nahm ihm die Luft mit einer Kraft die zehnmal so stark war wie die eines Catchers im Clinch Ariane mußte im Ehekrieg obsiegen weil das Geburtsgefecht verloren war Ariane mußte recht behalten gegen den fahnenflüchtigen Alten der sich einfach erhängte und als baumelnde Leiche Ariane noch im Schlaf bedrängte Ariane mußte beweisen daß die Alraunen die dieser Galgenschwengel ihr vererbte zum Staunen kräftige Haftwurzeln waren und daß sie so leicht nicht losließ Ariane fuhr ihre Greifer aus entrollte ihre Tentakel und brachte die Schröpfköpfe in Position der Gatte sah darin das Instrumentarium einer reinen Liebe dann schnappte es zu und saugte ihn aus und ließ ihn spüren was die Mandragora unter Liebe versteht einer Liebe die darin besteht ihrem Objekt das Mark herauszuschneiden um sich danach an seiner Lebenskraft zu weiden so wie man Obst entkernt um daraus Saft zu pressen die Mandragora schlitzt Früchte vor dem Essen auf methodisch und langsam entfernt sie den Stein und wirft einen prüfenden Blick hinein das Fleisch muß gesund und makellos weiß sein um nicht gereift am Ast eines Baums am Landstraßenrand zu baumeln die Sache mit dem Erhängten hat Ariane vor ihrem Mann verhehlt und ihm eine schlichte Geschichte erzählt von einem Verkehrsunfall der ihr den Vater nahm das Geheimnis wie es dazu kam daß sie zur Waise wurde ruhte wohlverwahrt im Garten ihrer Seele der von allem Unkraut befreit war doch nachts wenn Ariane im Bett lag hörte sie den schwarzen Wind im Laub des Baumes singen an dem das faulende Fleisch hing die Arme ausgebreitet um Ariane zu umschlingen und ihr die letzte Tröstung zu bringen dann krümmte Ariane sich im Ehebett und klammerte sich an den schlafenden Leib ihres Retters mit aller Kraft versuchte sie den Dämon zu bannen ohne ihr Geheimnis zu verraten so bat sie ihren Gatten daß er den Baum im Garten vor dem Hause fällte der ihr die Aussicht aus dem Schlafzimmer vergällte nachdem man ihr dies Opfer dargebracht trat die Mandragora oft in der Nacht ans Fenster um sich am Anblick ihres Sieges zu erquicken da reckte sich vor ihren Blicken der kahle Stumpf dem Mond entgegen die fahle Narbe dieses abgehackten Baums der nur der erste war in einer langen Reihe von gefällten Bäumen in einer langen Reihe von gequälten Wesen an denen die Mandragora ihr Zeichen hinterließ sie preßt ihre Lippen an deine Haut deinen Hals und du machst dich besser gleich auf dein letztes Stündlein gefaßt wie ein Baum der an seiner Wurzel die Axt spürt denn Ariane hat sich ihren Weg gebahnt mit der Verbohrtheit eines wildgewordnen Oberförsters sie lichtete holzte sägte verschnitt alles was womöglich ihrem Glück in die Quere gekommen wäre dem Glück wie sie es versteht einem Glück das darin besteht daß sie vergißt daß sie dem Schwengel eines Erhängten entsprossen ist daß alle sich vor ihr verneigen die Mängel die Laster den Dreck des gewöhnlichen Lebens verschweigen und ihr den Platz an der Sonne zeigen an dem keine schwarzen Winde wehen dem Gatten kam es schließlich zu Ariane zu retten auf Rosen zu betten und vor dem Anblick der Schatten zu schützen jedes Fetzchen Glück das sie erwischen konnte lupfte zupfte rupfte Ariane aus um ihre Wunde zu verbinden die niemand finden durfte schon gar nicht ihr Mann der Erlöser der ohne es zu ahnen den Fehltritt des Erhängten abgalt

...

Totesaison kommt herein erleuchtet verdunkelt meine Tage meine Nächte und verschwindet wohin geht sie mit ihrem kleinen Koffer ihrem weiten Mantel der ihr bis auf die Knöchel fällt wohin geht sie die keine Familie keine Freunde keine Wohnung hat sie lebt im Hotel sie bleibt niemals lange am selben Ort im selben Zimmer nach ein paar Tagen muß sie fort leert ihre Zeitungsschnipsel aus dem Koffer stopft ihre Sachen hinein und quartiert sich anderswo ein mein Loch dient ihr als ständige Adresse manchmal finde ich einen Brief an Totesaison in meiner Post einen Brief aus dem Land über das sie nicht spricht einen Brief aus der Stadt von der sie nur sagt daß sie an einem *stinkenden Fluß* liegt an dem *stinkenden Fluß* wohnt ein mir unbekannter Mann der Briefe schickt an Totesaison ich erkenne die männliche Handschrift wieder gebe ihr den Brief sie nimmt ihn drückt ihn an sich steht auf und verläßt mich sie geht kommt gleich darauf wieder bleibt am Fenster stehn setzt sich nicht nieder redet wie ein Wasserfall sie wollte sich fotografieren lassen im Automaten sagt sie doch als das Foto herauskam war nur ein großes weißes Rechteck drauf sie lacht aus vollem Hals ihr Kopf quillt über von solchen Geschichten sie wühlt in ihrem kleinen Koffer und pfeift leise vor sich hin kennst du das Lied von den Liebenden fragt sie die vor Erschöpfung sterben es ist ein Lied aus ihrem Land es handelt von zwei Zwillingsbrüdern die sich so zum Verwechseln ähneln daß niemand sie unterscheiden kann *nicht mal die Frau die einen von beiden geheiratet hat!* sie leben alle drei im selben Haus bis eines Nachts die Frau den Mann mit dem Zwilling betrügt ohne daß sie es merkt der Zwilling sagt kein Wort geht in der Früh hinaus und irrt herum und stirbt vor Erschöpfung! dann geht der Mann den Zwillingsbruder suchen und stirbt vor Erschöpfung! zu Haus wartet die Frau auf die beiden Brüder und als sie nicht wiederkommen geht sie selbst hinaus um sie zu suchen findet aber keine Spur von ihnen irrt tagelang herum und stirbt vor Erschöpfung! Totesaison lacht schallend den Kopf im Nacken *ist das nicht absurd ist das nicht lächerlich wie die sich suchen und nicht finden und am Ende vor Erschöpfung alle sterben!* plötzlich verstummt Totesaison *ich mach jetzt meinen Kanaldeckel zu* sagt sie verzieht sich in eine Ecke läßt sich an der Wand heruntergleiten bis sie auf dem Boden liegt der Körper verloren unter dem weiten Mantel das Gesicht von einem Schal halb verdeckt zwei schwarze Augen unter einem Haufen Wolle starrt sie schweigend an die Decke ich versinke wieder in meiner Lektüre das Zimmer ist dunkel nur eine kleine Lampe erhellt die Seiten wie ein Götze hinter Glas wacht Totesaison über mich während ich lese das Plaid das Ariane mir geschenkt hat um die Beine gewikkelt Stunden vergehen ich vergesse daß Totesaison noch bei mir ist das Telefon klingelt und reißt mich aus meiner Lektüre ich hebe ab und höre am anderen Ende der Leitung nur leises Atmen ich drehe mich um Totesaison ist weg sie hat sich geräuschlos davongestohlen und ist in ihr Hotel zurückgekehrt jetzt lieben sich ihre Nachbarn und sie kann nicht schlafen das Tier mit den zwei Rücken gurrt quietscht grunzt Totesaison hört es selbst dann noch wenn sie das Radio anstellt und an ihr Ohr preßt deshalb ruft sie mich an sie wird in aller Herrgottsfrühe fliehn und in ein anderes Hotel umziehn dort wird sie Frieden finden für ein zwei Nächte bis in der Nachbarzelle wieder ein Pärchen nistet dann klingelt wieder mein Telefon und Totesaison sagt *du kannst sie nicht hören es ist ein Gemetzel er bimst sie bis der Tod eintritt* sie wird für den Rest der Nacht rastlos in ihrem Zimmer kreisen und darauf hoffen daß das Pärchen müde wird und Ruhe gibt sie wird in aller Herrgottsfrühe fliehen und sich darum bemühen ihre Fassung wiederzuerlangen am Grab des alten Ragot den sie fast hundertjährig kennenlernte als sie gerade aus dem Land gekommen war von dem sie niemals spricht der alte Ragot hatte in einer Annonce ein Gesellschaftsfräulein gesucht und eines Tags stand Totesaison vor seinem Stadthaus nachdem sie seine Annonce beantwortet hatte und drückte auf die Klingel die Zimmer standen fast alle leer der alte Ragot hatte sich in seiner Bibliothek verschanzt die er nur verließ um in den Keller zu gehen und in Betrachtung seiner Schrumpfkopfsammlung täglich eine Runde zu drehen in diese Höhle drang Totesaison ein und verbrachte dort die nächsten fünf Jahre der alte Ragot nämlich schwang sich dazu auf des Fräuleins Bildung in die

Hand zu nehmen mit dem Erfolg daß Totesaison in Windeseile vollkommen verkorkst war ihr Kopf verstopft und vollgepfropft mit Abartigem und Absonderlichkeiten aus mit Bedacht gewählten Büchern die Fron des Fräuleins sollte nicht enden bis Totesaison sich mit den Tausenden von Bänden die in den Regalen ständen vertraut gemacht habe bis dahin war es ihr verboten das Tageslicht zu sehen so ging sie dem Greis auf den Leim ein Pult ein Stuhl neben dem Diwan auf dem er für gewöhnlich ruhte sollten fortan ihr Platz sein die Vorhänge blieben stets geschlossen weil der Alte Licht und Wärme nicht ertrug ihm waren fünfzehn Grad schon genug das alte Gerippe steckte stets in einem langen weinroten Schlafrock und trug auf seinem Vogelkopf ein Käppchen das es auch nachts nicht abnahm und infolgedessen jeden Morgen auf den Knien kriechend hinter dem Diwan suchen mußte der alte Ragot aß nur Eis und weißen Reis in heller Hühnerbrühe der alte Ragot trank nur Regenwasser das er in den Eimern auffing die er auf dem Balkon im ersten Stock verteilte sobald es mit dem Regen losging der alte Ragot hielt Totesaison gern seine stachlige Wange hin damit sie mit dem Handrücken drüberstrich der alte Jammerlappen wurde manchmal weinerlich das sei seine Seelensäuberungssitzung sagte er sein Tränentraining der alte Sonderling verhalf Totesaison zu ihrem Faible für Familiendramen der alte Puritaner versorgte sie mit der seltsamen Wendung *er bimst sie bis der Tod eintritt* und von dem alten Griesgram stammt der Satz *ich mach jetzt meinen Kanaldeckel zu* das war sein Gutenachtgebet *geh weg bevor man dir nahkommt! beiß zu bevor man dich zähmt! lehn ab vor dem Vorschlag! verwisch alle Fährten die zu dir führen!* so lehrte sie der alte Fuchs der alte Sanitäter stillte die schwärende Wunde im Herzen von Totesaison indem er sie mit Büchern überhäufte und während der alte Pompfüneberer seine tägliche Runde drehte im Keller zwischen den Schrumpfkopfreihen sollte das Fräulein um zum Gedeihen seiner Bildung beizutragen den alten Stänker einweihen in ihre Gedanken zur Tageslektüre er stellte sich dumm und ihr Fragen und Fallen und wenn sie nicht über alle Zweifel erhaben war oder gar vermuten ließ sie habe nicht gründlich genug gelesen oder nicht scharf genug gedacht schmiß der alte Nörgler sein Käppchen auf die Erde schwenkte drohend die Fäuste stieß ein lautes Wutgeheul aus und hieß sie ein hirnloses Schaf doch wenn er fand sie war brav und habe ihre Lektion verdaut dann durfte sie ihren dünnen Arm unter den seinen schieben und an seiner Seite traut die Schrumpfköpfe abschreiten die einzige Gesellschaft mit menschlichem Antlitz die er um sich duldete *Totesaison verstehe dies richtig!* die Fräuleins hatten gewechselt in der Behausung des alten Scheusals fast alle hatten die Flucht ergriffen beim Anblick der Kellergewölbebewohner nur wenige hatten den Schneid gehabt zu bleiben und mit der größten Unverfrorenheit sich drangemacht die leeren Räume zu inspizieren das Stadthaus zu renovieren und das Scheusal zu dressieren um selber zu regieren das mußte natürlich dazu führen daß der alte Ragot der Sache einen Riegel vorschob indem er unter lautem Wutgeheul die Fräuleins hinauswarf die er *geschwätzige wienernde Viren* nannte außerhalb seiner Höhle nämlich kannte der alte Ragot nur Bakterien- und Virenkulturen damit meinte er seinesgleichen männlich wie weiblich zum Überleben brauchte er die Gegenwart stiller gehorsamer Wesen denen er ohne Bedenken Vertrauen schenken und seine geheimsten Gedanken offenbaren konnte die Schrumpfköpfe waren für lange Zeit die einzigen Antikörper über die der alte Ragot gebot *dann kam Totesaison* und nach ein paar Monaten schon war sie sein Lieblingsgegengift sein bevorzugtes Antidot

. . .
eine Kerze! die Mandragora hat wieder eine Kerze abgebrannt für mich ein kleines Flämmchen angesteckt das an meinen Fußsohlen leckt und die tote Hälfte meines Leibes wärmt die Mandragora hat ihr ganzes Leben lang Lichter entzündet Scheiterhaufen der Liebe um jeden der aus der Reihe tanzte aus dem Feuerkreis den sie gezogen hat in die Flammen zu werfen die Mandragora brennt Kerzen ab daß ich ein guter Sohn sei daß ich ihr Loblied singe daß der mit Mitgefühl durchtränkte Haß den ich für sie empfinde von meiner Seele weiche das gleiche empfand schon ihr Gatte der beharrlich bockte obwohl Ariane ihn jahrelang lockte und Lichter ansteckte und allen Heiligen Opfer brachte daß er zum feurigen Hengst erwachte und zum Traummann würde der ihre Füße leckte und sie darum bäte daß sie mit ihren Stöckeln ihm das Gesicht zertrete Ariane hätte jedes Opfer gebracht für einen Sohn ein kleines Wesen das ihr gehörte ihr ganz allein so brannten die Lichter zum Gewinn des geizigen Geliebten des grausamen Gatten bis zu der Nacht in der sein Wagen an einem Baum zerschellte und der Gatte lichterloh brannte wie eine Kerze von einer riesigen Flamme verzehrt *das mad movie ging weiter* der verkohlte Gatte hatte dieselbe Umgehung genommen wie das Gespenst des Vaters und die Mandragora mutierte wieder zur musterhaften

Märtyrerin die die monotone Misere monierte die ihr widerfuhr als sich ihr Gatte wie der Vater der am Baum gebaumelt am Landstraßenrand in die Büsche schlug *während sie die Frucht noch unter ihrem Herzen trug* bevor die Mandragora mich aus der Modermulde stieß ging er in Flammen auf und ließ uns allein zurück in trauter Zweisamkeit *ihre Augen in meinen Augen ihre Hand in meinen Eingeweiden die den Leib durchwühlte und das Herz befühlte* in unlauterer Zweisamkeit *streckte die Mandragora die mageren weißen Arme aus in dem Begehren mich zu umfangen reckte die spitzen Finger um meinen Schädel zu durchkämmen kerbte die Kinderwangen mit Malen wie Mäusezähne den Käse* die Mandragora und ihr Schößling zu zweit im Trauerhaus die Witwe und ihr Tröster Aug in Aug im Speisezimmer *mir der Platz des Toten! mir das Hundehalsband!* nur zu diesem Zweck war er gedacht der neue Mann zu diesem Zweck ward er gemacht zu diesem Zweck hat die Mandragora das Alraunmännchen aus ihren Wurzeln gerissen *deshalb die Kerzen!* täglich rannte Ariane in die Kirche täglich brannte eine Flamme zum Empfang des neuen Mannes täglich opferte Ariane der Jungfrau und beritt allnächtlich ihren Feind und entwrang den Lenden ihres Schinders allnächtlich jeden Tropfen des Begehrens saugte ihren Gegner bis zum Grunde aus bis er um Gnade flehte weil die Mandragora in ihrem Grolle immer grimmer wurde und es immer schlimmer trieb bis der Gatte schrumpelte schrumpfte und sich zusammenkrumpfte bei jedem Überrumpelungsversuch für Ariane war die vergebliche Liebesmüh ein neuer Beweis daß der vertraute Feind in seinem Geiz ihr nichts gönnte nicht ein einziges Samenkorn nach all den fruchtlosen nächtlichen Dramen mit ihrem Sparringspartner beschloß Ariane ihr Training woanders fortzusetzen und begann Exemplare der Gattung zu hetzen die sie reizten und an Geist und Körper gesund diesen Glücksfall genossen sich nicht verschlossen und nicht mit ihren Säften geizten Ariane triumphierte auf allen Strecken die Pirsch nach Samenspendern stachelte ihre Gier noch an kaum von der Treibjagd zurückgekehrt verlangte Ariane von ihrem Mann daß er den Tribut ihr zollte der ihr zustand ein paar Tropfen aus dem befruchtenden Fluß Ariane feuerte aus allen Rohren und die Jagd trug Beute die Kerzen brannten der Gatte streckte die Waffen die Gebärmutter trug den Preis davon *der Bauch schwoll* das Korn war gesät der Schößling sproß unter der Obhut des Gefängnisgärtners des Zuchthauswärters der damals dachte die Modermulde sei seiner Zucht vorbehalten und sich freute daß es ihm gelungen war dem Leib der Feindin seinen Keim einzupflanzen da traf ihn unversehens die Katastrophe die lang gehegte Rache der Mandragora das allmählich gereifte Geständnis ein wenig Gift in kleinen Gaben *ein einziger Same und so viele Spender so viele Genießer die mit ihren Säften so verschwenderisch umgegangen waren* eine folgenlose kleine Gemeinheit eine Vogelspinne unter dem Polster eine lächerliche Kränkung die keiner Erwähnung wert gewesen wäre *doch er hat sich dafür gerächt* sagt die Mandragora *er ist mit seinem Wagen an den Baum ge-*

donnert und zwar zu dem einzigen Zweck mir das Leben zu vergällen das vor mir lag zu dem einzigen Zweck daß ich endgültig überschnappe doch Ariane schnappte nicht über Ariane lachte als man ihr die Nachricht brachte Ariane warf sich aufs Bett und lachte bis ihr Bauch Beschwerden machte und als sie am nächsten Morgen erwachte lachte sie wieder sie ließ sich vor dem Spiegel nieder um ihren Bauch zu betrachten und konnte sich nicht halten vor Lachen Ariane lachte bis der Schößling in der Modermulde sich beschwerte dann fiel sie aufs Bett schwitzend und schnaufend nichts konnte ihre Heiterkeit dämpfen sogar ein paar Tage später als sie im Krematorium war mußte sie gegen die Lachlust kämpfen da saß sie in der ersten Reihe und hielt sich mit beiden Händen den Bauch sie trug ein weites schwarzes Kleid und kleine Mokassins mit flachen Sohlen sie fror an den Füßen und dachte *mein Mann schmort im Feuer und mir ist kalt* bei diesem Gedanken brach Ariane in klingendes Gelächter aus

. . .

der alte Ragot war ein Stänker ein Zänker ein Menschheitsverächter ein misanthropisches Lästermaul von früh bis spät saß er versteckt am Fenster der Späher mit seinem Käppchen die alte Krähe die allen nachspionierte und jeden der vorbeiging mit einer Schmähung bedachte und die Achseln zuckte und höhnisch lachte wenn er lange genug seinen Geifer über das Geschmeiß auf dem Gehsteig vergossen hatte ließ er den verschossenen Vorhang fallen und drehte verdrossen eine Runde durch seine Bibliothek die Hände tief in den Taschen des weinroten Schlafrocks zur Faust geballt *man sollte ihnen den Kopf abreißen!* murrte der alte Eiferer den Insassen des Altenheims gegenüber dem welken Gemüse das ins Kraut schoß in seinem Viertel wie ungenießbare Pilze *man sollte ihnen den Kopf abreißen* knurrte er den alten Knackern die in langen Reihen mit kleinen Schritten an seinem Stadthaus vorbeidefilierten *man sollte ihnen den Kopf abreißen* knurrte er diesen Pinseln die es in ihrer Einfalt wagten dem Nachbarn im Haus gegenüber zu winken und verschwörerisch zuzublinken *man sollte ihnen den Kopf abreißen* knurrte er den verstockten Mümmelgreisen die massenhaft in der Kantine des Altenheims hockten *man sollte ihnen den Kopf abreißen* knurrte er den alten Eunuchen die die läufigen Hündinnen lockten um sie zu kraulen und ihrem Jaulen voll Entzücken zu lauschen und mit dem Handrücken den Schaum von ihren schmierigen Schnauzen zu wischen *man sollte ihnen den Kopf abreißen* diesen wildgewordenen Insekten die sich beim geringsten Hitzeeinfall in Schwärmen auf das nächste Wiesenfleckchen stürzten um ihr Fleisch am Licht zu wärmen während der alte Ragot die Vorhänge noch dichter zuzog um aus seiner Höhle jeden Sonnenstrahl zu bannen *man sollte ihnen den Kopf abreißen* den blökenden meckernden alten Böcken die an allem lecken was das Leben ihnen bietet diese Ziege die sich hinwarf und in die Mulde schmiegte die bis zum bittern Ende ihre Zitzen zeigte und ihre Zicklein säugte bis sie das letzte bißchen ihrer sauren Milch sich einverleibten ihren Hintern schwenkend vor Vergnügen *ins Schlachthaus mit ihnen!* schrie der alte Ragot *ins Schlachthaus!* ausbluten entbeinen das Fell abziehen die schrumpligen faulen Eier ausreißen und sie den Hunden hinschmeißen die drauf scheißen werden *ab ins Schlachthaus!* alles grindig und verkrätzt die Gedärme zerfetzt die Bäuche aufgetrieben die Schleimhäute verätzt verkrebste Mägen eingefrorene Rosetten Adern wie von Gehenkten Zungen wie von toten Schafen *rott! alles rott! Triumph der Verwesung!* der alte Ragot tobte *aus meinen Augen! stinkender Abschaum! Schlappschwänze! vorsintflutliche Nichtse!* er zitterte vor Erregung er zog sich sein Käppchen tief ins Gesicht sein glühender Kopf war fast so dunkelrot wie sein Schlafrock im Dämmer der Bibliothek glich der alte Stänker einer angesteckten Vogelscheuche doch bevor seine rasende

Wut den alten Ragot so entflammte daß er als schreiende Fackel verbrannte erkannte Totesaison die Gefahr und bannte sie sogleich indem sie ihm zur Abkühlung ein Sorbet servierte der alte Ragot genierte sich und wurde niedergeschlagen und schweigsam er nahm das malträtierte Käppchen ab und strich mit der Hand die dünne Strähne auf seinem kahlen Schädel glatt er schlurfte zum Diwan und rollte sich in seinen Schlafrock das Käppchen an die Brust gedrückt verstummte der alte Ragot und verkroch sich er hatte sein Mütchen gekühlt und stellte ernüchtert fest daß er selbst wie eine Klette am Leben hing ein Nachzügler war er ein Trödler ein bockiger Esel eine Sklavenseele die nicht abtrat als es an der Zeit war *grausige Geschmacklosigkeit!* der alte Ragot zog den Kopf zwischen die Schultern und knickte die dünnen Beine daß die Schöße des weinroten Schlafrocks seine Waden bedeckten die in langen Unterhosen steckten in dieser Stellung blieb er reglos liegen bis Totesaison ihm sein Schälchen weißen Reis in heller Hühnerbrühe brachte den er gierig verschlang Löffel um Löffel erwachte sein Kampfgeist wieder die Verzagtheit wich von seiner Seele und bald war der alte Ragot auf der Suche nach einem neuen Opfer dabei verfiel er unweigerlich auf Totesaison und ihre *kriminellen Gefühlsduseleien* er würde sie lehren sich von der Bürde des Weltlichen zu befreien schon damals schrieb der Unbekannte ihr Briefe aus dem fernen Land sie nannte ihn nur *den Zwilling* und wahrte ihr Geheimnis und hielt stand was den alten Ragot noch mehr erboste *löse dich!* schrie er *mach den Schnitt! schneid ins Fleisch! kein Fett! kein Blut! kein Schweiß! keine Tränen! weg damit! in den Wolf! nur Nerven! Galle! Spucke! schab alles ab bis auf die Knochen! gib dieser hündischen Sehnsucht nichts zu nagen! kapp die Taue! schweife! stich in See und setz die Segel deiner Seele wie ein Kapitän auf großer Fahrt!* das auf dem Diwan gestrandete Wrack unter weinroter Flagge hatte sich vorgenommen Totesaison in die Kunst einzuweihen der Welt abhanden zu kommen als wäre es von höchstem Nutz und Frommen zu einem gerupften Kampfhahn zu verkommen der selber keinen roten Heller auf sich setzen würde

...

hier sind wir sie ganz in Weiß mit einem langen weißen Seidenschal der hinter ihr herweht und ich in meinem superschnellen kleinen Wagen der seine Kurven um sie dreht *hier sind wir* am Ende tu ich doch immer alles was Ariane möchte und Ariane wollte schon seit langem ins Museum gehen träumte schon seit langem davon ihren Sterbenskranken spazierenzuführen in der kleinen Nekropole bei der Impasse des Deux Anges *hier sind wir* Ariane schreitet voran sie schwebt von einem Saal zum andern bleibt vor einem Gemälde stehen zückt die Brille rückt sie zurecht betrachtet erwägt und spricht *ich finde das scheußlich!* schon ist Ariane im nächsten Saal verschwunden Ariane schaut rechts schaut links ruft sich die Seminare ihres Meisters ins Gedächtnis doch macht sie sich auch eigene Gedanken sie schlendert umher die Nase im Wind Ariane wittert Meisterwerke *wundervolle Pinselführung!* ruft sie mit diesem englischen Akzent der sie gelegentlich befällt wie Maul- und Klauenseuche *wundervolle Pinselführung!* Ariane nimmt eine leicht gebeugte Haltung an stemmt eine Hand in die Hüfte und prüft die aufgespürte Preziose wir sollen näherkommen ich und mein superschneller kleiner Wagen und rasch an ihre Seite rollen Ariane will mich ergriffen wissen Ariane will unsre Herzen im Gleichklang pochen hören Ariane will sehen wie meine Augen sich mit Tränen füllen doch ich betrachte statt der prätentiösen Preziose Ariane mit ihrer eleganten Silhouette Ariane mit einer Larve für jede Laune Ariane inmitten der beflissenen Spinner mit den entrückten Visagen mit den erregt geweiteten Poren und vor Verzückung zitternden Warzen mit ihren plattgedrückten Nasen und plombierten Zähnen in den staunend aufgerißnen Mündern jedesmal ersticke ich an diesem Glücksgestank aus Kilometern von Därmen in Levitation wenn ich mich dem Laster des Kulturgenusses überlasse wenn ich mit meinem superschnellen kleinen Wagen einen Weg mir bahne durch das Gewühl der Anbeter amtlich beglaubigter Kunst deren fauvische Züge panisch verzerrt sind vor lauter Pflicht zum Gefühl wenn ich diese Plünderer sehe mit dem kritischen Kennerkopf und dem Profil von Wiederkäuern die in Ohnmacht fielen die mit einem seligen Lächeln auf ihrem Engelsantlitz die Bilder umschleichen ohne jemals anzuecken schnürt es mir die Kehle zu von so viel Schönheit überfüttert müßten sie sich eigentlich erbrechen doch sie schreiten weiter und recken die Hälse und spreizen die Schnäbel daß ihnen kein Körnchen entgehe von den Gütern der Kultur es geht um *das Erbe der Menschheit!* deshalb sind sie gekommen sie wollen ihren Teil *vom Erbe!* sie machen Eigentumsrechte geltend niemand wird sie je dazu bringen auf ihren Anspruch zu verzichten *das Erbe!* sie machen Inventur sie prüfen die Räume das Mobiliar die Festigkeit der Wände die Umsicht der Kustoden die Stärke der Alarmsirenen und die Vertrauenswürdigkeit der Wärter in langen Prozessionen fallen sie über die Bilder her ihr leerer Blick saugt sägt nagt an den Gemälden und läßt von der Schönheit nur noch die äußere Hülle übrig doch der Raupe reicht die Rinde Ariane gibt sich mit dem Rest zufrieden und baut sich im Leeren ihr Nest Ariane schließt die Reihen der Prozessionen unter Beachtung des eigenen Ranges reiht sie sich unter die Gläubigen ein nur manchmal verbohrt sie sich rebellisch in eine kleine Geschmacksketzerei *ich finde das scheußlich!* die Stimme schneidet der Finger sticht das Bild ist ein Klassiker der Moderne Ariane verzieht das Gesicht zur Grimasse sie trägt jetzt die Larve der halsstarrig Stolzen der man kein X für ein U vormacht *ich finde das scheußlich!* sagt Ariane wie vor zwanzig Jahren als sie mich auch schon sonntags durchs Museum schleifte und mich am Ärmel zog von einem Saal zum nächsten von einem Gemälde zum andern schon damals zeigte Ariane mit dem Finger auf dieselben *Scheußlichkeiten* schon damals spürte sie dieselben Preziosen auf doch gab sie damals offen zu daß sie in diesen Nekropolen vor allem ihren Überdruß begraben wollte damals gestand sie noch ein daß es ihr nur um die Befriedigung einer von vielen Launen ging die der Gemahl ihr versagte er hatte sich stets der Verpflichtung entzogen Ariane durch die Museen zu zerren er hatte sich stets geweigert Ariane diese Lust zu lehren und mit letzter Kraft sein Recht auf ungeteilten Genuß verteidigt jeden Sonntagmorgen ließ er Ariane grußlos sitzen um sich an der Schönheit zu erhitzen und empfahl nach seiner Rückkehr Ariane einen Ausflug ins

Museum der sie die seine Lust nicht teilte immerhin zerstreute doch sie suhlte sich lieber in ihrem Leiden spielte lieber das Opfer der seelischen Grausamkeit ihres Gatten wie sie das nannte und setzte nie den Fuß in eine dieser Nekropolen solange der Schinder noch lebte erst lange nach der letzten Flucht des Alten das heißt sobald der Junge alt genug war um gegen seinen Willen zum Pagen befördert zu werden trat sie die Pilgerschaft an *hier sind wir* die Mandragora und ihr Page zwanzig Jahre danach *hier sind wir* Ariane ist ein bißchen außer Atem vom strengen Geruch des hohen Geschmacks gelockt wie eine Fliege ist Ariane dahin und dorthin geschwirrt und viel zu lange schon durch die Säle geirrt was hat sie hier verloren Ariane ist müde weil sie mühsam ihren Überdruß verbergen und die Augen von den Gegenständen wenden mußte bevor sie unter ihrem Eisesblick gefroren Ariane will weg die letzten Säle läßt sie links liegen bald wird Ariane am Ausgang stehen und darauf warten daß ich mit meinem superschnellen kleinen Wagen über die Rampe sause am Tresen neben der Garderobe wird Ariane Kunstpostkarten kaufen mit den Bildern die sie nicht gesehen hat um sich morgen zur selben Zeit beim Teekränzchen zu brüsten *mein Sohn! der liebe Junge! was für ein wundervoller Tag! welch hohe Kunst! nein diese Meisterschaft! das Erbe der Menschheit! der Gipfel menschlicher Schaffenskraft!* und so weiter bis zur Erschöpfung bis ihr die Plattheiten ausgehn doch nein! am Eingang zum letzten Saal bleibt die Mandragora stehn und dreht sich um wir nähern uns gemessen mein todschicker Rollstuhl und ich die Miene der Mandragora verdüstert sich die Wangen hängen die Lippen sind vor Verbitterung ganz schmal ich sei ja doch nur mitgekommen um sie auszulachen in ihrer Ahnungslosigkeit um mich lustig zu machen über den Unsinn den sie von sich gibt ich habe sie nichts gelehrt ihr nichts gegeben sondern geschwiegen und mein Wissen für mich behalten ich habe nicht einen Blick an die Gemälde verschwendet sie verausgabt sich der Bildung wegen ich dagegen schnüffle ihr hinterher nur zu dem Zweck sie hinterrücks zu verspotten nie wäre ich von mir aus drauf gekommen mit ihr ins Museum zu gehen auf Knien mußte sie drum flehen bis ich mich endlich bereit fand ihr das Vergnügen zuzugestehen wenn auch nur in der Absicht auf sie herunterzusehen es wäre mir nicht im Traume eingefallen ihr zu sagen was man bewundre was man verachte es wäre mir nicht im Traume eingefallen ihr zu sagen das ist ein Schinken! das ist grandios! wie eine Lawine ist dieser Haufen von Gemälden über sie hereingebrochen und ich habe kein Wort mit ihr gesprochen ich bin bloß hinter ihr hergekurvt und habe sie heimlich verflucht und ihr die Pest an den Hals gewünscht mir wäre es am liebsten wenn sie aus meinem Blickfeld verschwände oder besser noch bald stürbe! Ariane richtet ihren langen weißen Seidenschal Ariane mißtraut den Rädern meines superschlauen kleinen Wagens sie könnten sich womöglich in den Fransen dieses Schals verfangen der ihren langen weißen Schwanenhals umschnürt *du wünschst mir den Tod das weiß ich aber ich werde noch lange noch sehr lange leben* sagt die Mandragora mit ihrem englischen Akzent der wild gewachsen ist im schwarzen Périgord

. . .
Kilometer von Gedärmen aus denen stinkende Wolken zum Himmel schweben und dich zum Heiland erheben *das ist es was sie Größe nennen* sagt mein Freund der große Mann und alles was du davon hast ist ein Privatsekretär der dir Gesellschaft leistet ein paar Meter Darm auf Pfoten die nicht von deiner Seite weichen die du dafür bezahlst daß sie dich nicht verlassen alles was du davon hast ist ein kleiner Kofferkuli der sich ständig den Bauch vollhaut dir die Krümel vom Teller klaut in jede halbleere Flasche schaut und auf jede Gelegenheit baut alles was du davon hast ist das Exklusivexemplar eines Schnorrers der hinter dir herhechelt sich deine Atemluft zufächelt und deinen Schatten verschachert en détail und zum Sonderpreis alles was du davon hast ist die Kumpanei eines Rüpels der rülpst wenn du aufstößt der wie du hustet und auf eine Weise lacht die du schon an dir nicht ausstehen kannst eines Schleimers der sich auch zum zehnten Mal noch über dieselbe Geschichte zerreißt der jeden deiner Sätze mit einem schallenden *Bravo Chef!* preist alles was du davon hast ist ein Intrigant der dir weismacht dein ewiger Sympathisant zu sein dein treuer Trabant deine vom Himmel gefallene Krücke alles was du davon hast ist diese Krücke an die du dich klammerst diesen Wicht der Dresche einstreicht wie Dividenden Kopfnüsse kassiert wie

Kleingeld du kannst ihn anspucken du kannst seine Brille zertrampeln du kannst ihm das Fell gerben du kannst seinen Wanst als Punchingball benutzen du kannst seinen rasierten Schädel mit Faustschlägen traktieren er fällt hin er steht wieder auf er steckt alles ein er zuckt nicht mit der Wimper verschluckt höchstens ein unhörbares *Gnade Chef!* und ist schon im nächsten Moment wieder damit beschäftigt ob er sich lieber ein Gläschen Weißen genehmigt oder besser eine Flasche Bier und ob er vielleicht ein Stündchen herausschinden kann um ein kleines Nickerchen zu machen oder auf die Pirsch zu gehen nichts kann ihn erschüttern *kein Anflug von Stolz keine Spur von Würde kein Hauch von Verstimmung kein Schimmer von Melancholie* du bist es der sich an ihn klammert wenn die Abgründe näherrücken wenn dein Himmel sich verdüstert wenn der Wind sich dreht und die Fliegen von deinem Tisch weht die bei dir ihr Fressen gefunden haben und du *allein* bist die Fliegen summen nicht mehr in deinen Ohren du hörst die Stille kommen und schon brennt deine Kehle als hättest du Nesseln geschluckt die Gesichtsmuskeln schmerzen die Haut bekommt Risse du hast Angst versuchst zu fliehen und erwischst immer den falschen Ausgang läufst immer in die falsche Richtung quetschst dich immer durch die falsche Drehtür die mit den langen Reihen scharfer Klingen statt die mit dem eisernen Kreuz und wie immer bleibst du darin stecken *wie eine Ratte kannst du nur noch darauf warten an der Stille blutend langsam zu verrecken* und während du drauf wartest klammerst du dich wieder an diesen Wicht er ist nie durch die Drehtür der Angst gegangen er hat nie die Stille kommen gehört da steht er aufgepflanzt auf seinen vier Pfoten da steht er mit seiner wohlgenährten Wampe er grunzt vor Behagen du sagst zu ihm *rede!* und er redet tage- und nächtelang Rauchwölkchen spuckend aus den Zigarrenstummel wie eine kleine Lokomotive die einmal ins Gleis gesetzt losrast ohne zu wissen warum und wohin je länger er redet je mehr schwillt seine Wampe wedeln seine kleinen Pfoten mit päpstlicher Unfehlbarkeit verkündet er in seiner prosperierenden Dummheit ex cathedra die unumstößliche Wahrheit eine Gebrauchsanweisung für das Leben er versieht dich mit allen Tricks und Kniffen er rät dir dich einzuschiffen für das große Abenteuer und dreht dir diese Reise mit dem Seelenverkäufer zum Preis einer Luxuskreuzfahrt mit einem Vergnügungsdampfer an *die goldene Regel ist mach dir nichts draus faß dir ein Herz wirf den Ekel den Weltschmerz das Leiden am Leben über Bord* er rekelt sich in seinem Lehnstuhl dir gegenüber der große Pragmatiker köchelt sich seinen Syllogismus zurecht er ist dein Kumpel du bist sein Chef ihr seid die Besten er hat es bequem auf Deck neben dir wenn du Schiffbruch erleidest geht er baden wenn du kenterst schluckt er Wasser *zum Teufel mit deinen Abstürzen deinen Hechtsprüngen zum Teufel mit den letzten Dingen* du bleibst am Steuer so lang es geht er bringt dich wieder auf Kurs wenn du das Weite suchst er baut dich wieder auf wenn du zerbrichst er spielt den kopflosen Hofstaat wenn du davon sprichst dir eine Kugel ins Hirn zu jagen das er mit seinem Gerede vollkommen vernebelt hat und während er Zeter und Mordio schreit macht er sich schleunigst zum Absprung bereit in seinem Kopf beginnts zu rattern er rechnet was sich dabei ergattern ließe was ein Splitter deines zerschmetterten Schädels ein Fetzchen deiner zerschredderten Hirnhaut ihm einbringen würde es ist erbärmlich sagt mein Freund der große Mann es ist erbärmlich wie dieser kläffende kleine Köter das Amt des Nachtwächters Trösters Irrenwärters versieht *doch besser Gift als Stille lieber mit Vipern gemein als allein sein* auch das mußt du dir schließlich eingestehen daß es dir lieber ist mit dem Gesindel umzugehen das im Schlamm wühlt weil dir ein längerer Aufenthalt in reiner Höhenluft unmöglich ist weil einen das vor Schmerzen rasend macht weil es dir unerträglich ist mit Menschen zu verkehren die jeden Morgen neue Geistesgipfel stürmen und weil es ganz unsäglich ist von diesen Säulenheiligen die ganze Zeit an seelische Größe und geistige Vollkommenheit gemahnt zu werden

. . .

so schnell wird man sie nicht los die Mandragora hat kräftige Wurzeln und klammert sich mit aller Kraft ans Leben *du willst meinen Tod du wirst ihn nicht kriegen!* sie wird sich so lang wie nötig widersetzen sie denkt nicht dran das Feld zu räumen und es mir zu überlassen sie wird das Gold des flambierten Gatten bis zum letzten Karat verprassen statt es mir in den Rachen zu werfen daß ich damit womöglich meine schwarzen Gedanken mäste und meine Metze stopfe meine morbide Philosophie Ariane wird das Geld des flambierten Gatten bis zum letzten Sou verbraten und es in Grandhotels lassen wo es wenn man ihr glauben mag immer so kalt ist daß Ariane kaum angekommen schon erkältet ist Ariane schließt sich in ihrem Zimmer ein Ariane läßt sich Decken Heizkissen Fußwärmer bringen Ariane bestellt sich Suppen aufs Zimmer die sie mit saurer Miene verzehrt Ariane ruft mich von ihrem Bett aus dreimal täglich an *warum ist sie überhaupt hier warum muß sie in diesem eisigen Zimmer ständig auf zu dünne Decken und eine lauwarme Suppe warten warum ist sie hier in Quarantäne was tut sie hier in diesem schrecklichen Hotel das sie schon immer gehaßt hat mit diesen hohen Säulen in der Eingangshalle was tut sie hier im ersten Stock in diesem gräßlichen Zimmer das sie noch nie gemocht hat das aber jedes Jahr zur gleichen Zeit für sie reserviert ist sie will nicht unter einem Berg von Decken allein verrecken in dieser Einsamkeit auf Stelzen in dieser scheußlichen Stadt* und so weiter bis sie von ihrer Litanei so erschöpft ist daß sie einschläft die Muschel am Mund kaum hat sie die Augen geöffnet am nächsten Morgen schrillt mein Telefon *nie wieder setzt sie einen Fuß in diese Stadt die sie von ihrem Bett aus immer so abscheulich findet* Ariane denkt darüber nach die nächste Etappe der Wallfahrt zu kappen schlotternd und niesend flieht sie aus dem gräßlichen Grandhotel in einen Garten der Melancholie in dem man Trauerweiden und Mauerblümchen züchtet in ein anderes Grandhotel wo sie stets von Schwermut erfaßt wird wo Ariane kaum angekommen sich einschließt in ihrem Zimmer sich unter einem Berg von Decken in ihrem Bett vergräbt von unerklärlichem Weh befallen kann Ariane den Luxus der sie umgibt nicht mehr genießen Ariane will büßen Ariane will mir das Geld des verblichenen Gatten überlassen *daß mein Horrorladen floriere!* Ariane will ins Altenheim Ariane will nur noch unter ihresgleichen sein nur noch mit Alten verkehren mit diesen kleinen alten Leutchen die sie stets verachtet hat die nie zum Fünfuhrtee laden nie in Konzerte und Vorträge rennen mit diesen kleinen alten Leutchen die den Verstand verloren haben *weil sie sonst nichts zu verlieren hatten* mit diesen kleinen alten Leutchen die man wie verirrte Päckchen im Wartezimmer des Todes stapelt bevor man sie wegschickt *sabbernde Zausel die schließlich ihre Brüder seien vergessene Weiblein die ihr doch glichen* sagt die Mandragora am Telefon mit ihrer Märtyrerinnenstimme sie will eine ganz schlichte Zelle in einem ganz elenden Heim die Welt soll endlich wissen daß keiner sie liebt die ganze Menschheit soll ihre entsetzliche Einsamkeit zur Kenntnis nehmen müssen tief in ihr weiches Bett geschmiegt sieht Ariane sich schon in einem drittklassigen Altenheim in dem es nur Sagosuppe und Apfelmus gibt auf ihrem Zimmer mit dem unverbaubaren Weitblick sieht Ariane sich mitten unter diesen armen alten Leutchen denen die Mittel fehlen um etwas anderes zu sein als kleine alte Leutchen im Garten der Melancholie lustwandelnd sieht Ariane sich im Geiste schon als altes Weiblein auf dem Schrottplatz wo am Ende alle landen die man zum alten Eisen wirft von fadem Altweibergeruch umgeben auf einem Plastikstühlchen sitzen das an der Wand des schäbigsten Hauses weit und breit lehnt *sofern sie nicht zu den Schwestern geht! sofern sie sich nicht ins Kloster der Benediktinerinnen zurückzieht!* das wäre ein mystisches Verlöschen das die Teekränzchentanten in helle Aufregung versetzen würde *und du wärst froh die alte Schachtel loszusein! so leicht will ichs dir aber nicht machen!* sagt Ariane und bläst auf der Stelle den vorzeitigen Rückzug ab und kehrt auf der Stelle nach Haus zurück und muß sich auf der Stelle für die Bravour belohnen mit der sie meinen finstren Plänen trotzte um ihre Wiederauferstehung zu feiern muß sie auf der Stelle ihr Schlafzimmer vollständig neu renovieren mein Telefon hört nicht mehr auf zu klingeln Ariane braucht Beratung welche Farbe für die Wandbespannung welchen Vorhangstoff welche Teppiche soll sie wählen Ariane spielt die Frischvermählte und ich gebe den Bräutigam beladen mit Katalogen Voranschlägen Mustern und Prospekten bricht Ariane in meine Höhle ein wirft alles in meinen Schoß ringt um mein Einverständnis zwingt mich zur Billigung des Bettüberwurfs und der Vorhänge mit den blutroten Blumen Ariane schließt Frieden Ariane hat keine Lust mehr sich im Garten der Melancholie zu ergehen und Totenkopffalter zu jagen die ihre Seele verstören doch nach ein paar Wochen verwelken die blutroten Blumen verpesten die Langeweile mit ihrem Verwesungsgeruch aus schwärenden Blütenkelchen schwärmen Totenköpfe in langen Prozessionen sie schwärzen die Wände umschwirren Ariane im Schlaf sie kriechen ihr in den Mund in Nasenlöcher Ohrmuscheln Augenhöhlen um in ihrem Kopf ein Nest zu bauen Ariane langweilt sich Ariane gräbt das Kriegsbeil wieder aus in einem Geistesblitz fällt Ariane eine geniale Zerstreuung ein nachts ruft sie mich an mit matter Stimme inmitten der blutroten Blumen liegt Ariane darnieder dreißig tödliche Tabletten hat sie sich eingeflößt mit einer halben Flasche Schnaps *nur um die Totenköpfe einzuschläfern die in ihrem Kopf rumoren!* Ariane legt auf ich rufe zurück es läutet lange inmitten der blutroten Blumen Ariane antwortet nicht mehr doch als die Rettung herbeigetrommelt ist öffnet auf das Hämmern an ihrer Tür die Mandragora höchstpersönlich *umgebracht!* inmitten der blutroten Blumen schlief sie den Schlaf der Unschuld *mein Sohn mit seinen morbiden Mätzchen!* sagt die Mandragora und eilt in ihr Zimmer weil das Telefon schon wieder klingelt *du willst meinen Tod aber du wirst ihn nicht kriegen!* sagt sie und ihr kleines Knautschgesicht erstrahlt in einem Lächeln des Triumphs

...

mir zuliebe wird sie nicht sterben aber ich soll sie begraben das wünscht sie sich in meinem todschicken Wagen soll ich am Rande ihrer Grube sitzen und sie begleiten wenn sie auf die große Reise geht wie in den Jahren als ich vom Virus noch nicht festgenagelt war an einem Ort und sie mich als ihren Pagen mitnahm in die Grandhotels wo sie das Geld des flambierten Gatten ließ ich schlief auf einem schmalen Klappbett neben dem Lager auf dem die Verlassene ruhte ich grub meinen Kopf in das Kissen und tat so als hörte ich die Klage der Mandragora nicht die mich schon damals ihren *kleinen Kritikaster* ihren *Schinderlehrling* nannte den störrischen Pagen aber dennoch mitnahm auf die Kuren die sie sich selbst verordnet hatte auf ihren Reisen die sie stets an dieselben Orte führten deren einen sie besonders schätzte weil an diesem Ort ein Mann geboren war ein Operettenstar den sie zutiefst verehrte seine Stimme seine Melodien hatten ihr Kraft gegeben zum Überleben Kraft über die Leichen hinwegzuschreiten die auf ihrem Wege lagen in der kleinen Stadt wo er geboren war hatte der Operettenstar am Ufer des Flusses ein Haus bauen lassen für seine Mutter eine Rokokovilla mit einem Balkon im ersten Stock zum Fluß hin auf dem der Operettenstar allabendlich mit seiner Mutter weilte sie saß im Lehnstuhl er stand daneben und in der Totenstille lauschten sie gemeinsam dem Murmeln des Wassers so ging es Abend für Abend bis zu dem Tag an dem der Operettenstar die ihm frisch angetraute junge Frau vom Balkon in den Fluß warf *sie ist einfach auf den Balkon gekommen und hat vorher nicht um Erlaubnis gefragt sie hat ihn einfach angesprochen obwohl er mit seiner Mutter dem Murmeln des Wassers lauschte* die Jungvermählte stieß sich beim Sturz den Kopf an einem Felsen der Sänger hingegen kehrte als wäre nichts gewesen an seinen Platz zurück und lauschte mit seiner Mutter gemeinsam dem Murmeln des Wassers und um dem Murmeln des Wassers zu lauschen mietete die Mandragora in jedem Jahr zur gleichen Zeit für sich und ihren Pagen eine Villa auf der anderen Seite des Flusses der Rokokovilla des Operettenstars genau gegenüber die inzwischen als Rokokomuseum zu seinen Ehren eingerichtet war die Mandragora nannte den Operettenstar einen *großen Mann* und ihren *tragischen Helden* was hatte er schon verbrochen er hatte das Gänschen zum Teufel gejagt das einen Anschlag gewagt auf seine Mutterliebe die Begeisterung war ungebrochen die ganze Stadt mästete sich an ihrem tragischen Helden so manche Mandragora leckte nachmittags am engelsgleichen Antlitz des Tenors das Schokoladentaler und Sahnetörtchen zierte man servierte solche Leckereien in Teesalons zu Operettenmelodeien die aus Lautsprechern dröhnten abends aber schwieg die Stadt und Totenstille lag über den Ufern des Flusses nach einem strengen alten Ritus lauschte die ganze Stadt jeden Abend zur gleichen Stunde dem Murmeln des Wassers nach diesem Ritus traten jeden Abend nach der Schokoladentalerspeisung alle Mandragoras mit ihren Pagen auf die Balkone der Villen am Ufer des Flusses nach diesem Ritus hatten alle Mandragoras vor der Aussetzung ihren Schößling in die tragische Heldenstrickjacke gesteckt nach diesem strengen alten Ritus standen jeden Abend zur gleichen Stunde auf den Balkonen der für teures Geld gemieteten Villen längs des Flusses die strickbejackten Pagen neben den Mandragoras *was für ein Schauspiel!* den in ihren Jacken eingezwängten Pagen war zum Kotzen von den vielen Schokoladentalern die die Mandragoras in ihren Kropf gestopft *in effigie des Matadors der Mutterliebe!* wurden sie mit *Liebestalern* vollgepfropft sie mußten mampfen spachteln futtern prassen und führten sich Massen von Schokoladentalern mit dem Konterfei des Helden zu Gemüte auf daß sie nach seinem Bilde zu einer fetten bissigen Herde würden einer Horde hübscher pausbäckiger Windbeutel mit Zuckerschleckermäulchen Bonbonbeißzähnchen Trüffelschnüffelrüsseln sadistischen Schlafrattenaugen molligen Mörderhändchen das kleine Paschabäuchlein in das *Liebeswams* gepfercht das in den Hinterzimmern des Landes serienmäßig gefertigt wurde die ganze Stadt arbeitete hingebungsvoll an den Strickjacken für die Pagen der Mandragoras nur auf dem Balkon der Villa genau gegenüber der Villa des tragischen Helden stand eine Mandragora die neben sich kein Abbild ihres Abgotts stehen hatte ihr störrischer Page weigerte sich die *Würgeweste* zu tragen und wollte keine einzige Hostie empfangen *in effigie des Matadors der Mutterliebe* nur um dem Unglück der Mandragora auch diesen Kummer noch hinzuzufügen war ihr Alraunmännchen keineswegs ein Abbild ihres Abgotts sondern ein arroganter kleiner Streuner *zum Fürchten mager und zum Lachen angezogen* eine nölende Töle die alles zerfetzte was die Mandragora schätzte war der langersehnte Lohn der Liebesmüh der heißbegehrte Sprößling den die Mandragora aus ihren Wurzeln sprießen ließ ein Köter der sich das Maul zerriß über die Mandragora und alles zerbiß was ihr heilig war *welch ein Schauspiel!* ein klägliches Spektakel verpaßter Chancen das nicht einmal einen Verriß verdiente in seiner Erbärmlichkeit und ihrem kleinen Kritikaster bloß Anlaß zum Spott bot als Revanche für die auf dieser Welt vergeudete Zeit *du kennst kein Erbarmen!* sprach die Mandragora zu ihrem Pagen auf dem Balkon mit Blick zum *Liebestempel* dem klang dieser Satz *du kennst kein Erbarmen!* noch jahrelang in den Ohren selbst als er mit seinem superschnellen kleinen Wagen aus seiner Höhle nur mehr bis zu dem kleinen Park kam und daher als Page ausfiel wenn die Mandragora dem Murmeln des Flusses lauschte und sich an dem Schauspiel des Lebens berauschte von dem sie einst geträumt *Geld war ihr völlig egal!* das hatte sie in Hülle und Fülle von ihrem flambierten Gatten erhalten was allerdings den kalten Charakter des *business man* enthüllte die gemeine Natur des Geschäftsmanns der keine Gefühle kannte bis er am Straßenrand verbrannte *das hat er mit seiner Roheit sich selber eingebrockt* irrtümlich habe Ariane in der verstockten Krämerseele einen Funken von Gemüt erhofft als er jedoch so unverhofft verschieden war sie ganz zufrieden mit ihrer Rolle sagt die Mandragora mit ihrem englischen Akzent sie trug gern Trauer um den toten Pfeffersack alles in allem hat sie sich gut gefallen als Kaufmannswitwe die das Geld des Erblassers verpraßte um ihre Einsamkeit und ihren Pagen vorzuführen bis der den Beschluß zu desertieren faßte und in seinem Sarg auf Rädern zum Ideenschwarzmarkt raste um verquaste Gedanken zu proklamieren und die Mandragora so sehr haßte daß er wünschte sie möge krepieren *das wird aber nicht passieren* verspricht mir die Mandragora tagtäglich mit diesem englischen Akzent mit dem sie ihre mörderischen Sätze süßt

. . .

die Ficker sind überall sie wimmeln wie die Ratten sie nisten sich immer in dem Hotel ein wo Totesaison ihr Quartier nimmt sie treiben es immer im Nebenzimmer sie quietschen sie röcheln sie schnaufen sie beißen sie kratzen sie fressen sich auf sie kämpfen Körper an Körper sie weiden sich aneinander sie weiden sich aus sie schlitzen einander die Bäuche auf sie würgen sich opfern sich töten sich sind nie zufrieden und wollen immer noch mehr sie fallen übereinander her und werfen sich auf den Rücken sie jagen einander in jeden Winkel verspritzen die Spuren ihres Treibens an Wänden auf Betten in Fußbodenritzen *sie wimmeln wie die Ratten* sagt Totesaison halberstickt in ihrem weiten schwarzen Mantel mir gegenüber sitzend den kleinen Koffer zu ihren Füßen neben dem Sessel sie mußte schon wieder fliehen aus ihrem Zimmer *sie wimmeln wie die Ratten* sagt Totesaison mit einer Grabesstimme die nach Staub und Moder riechend ihrem roten Mund entströmt wie dem einer Puppe deren Eingeweide ein alter Bauchredner herausriß um sich in ihrem Innern einzunisten so daß sie Tag für Tag zum Grab des Greises pilgern muß um einen neuen Strauß Verwünschungen zu pflücken und aus ihrem roten Mund die Flüche des alten Bauchredners quellen erst wenn Totesaison dem alten Ragot Tribut gezollt hat kann sie sich mit der Welt versöhnen mit dem Leben das für sie aus Zeitungsschnipseln mit vermischten Meldungen besteht aus den Filmen die sie wieder und wieder sieht und aus ihren Besuchen in meinem Loch wenn sie ihr winziges Zimmer in der Rue de l'Échaudé verläßt wo sie sich einschließt versteckt abgesondert von den anderen Schreibern der Agentur Maya nur selten aufsteht aus dem Zimmer geht auf Zehenspitzen durch die Gänge läuft und zahllose Strategien entwickelt um zu vermeiden auch nur den Schatten eines Menschen dort zu streifen ihr ganzes Streben gilt den alten Kriegern auf den Schlachtfeldern der Ehre Totesaison opfert sich auf für die Ruhmesversehrten verpaßt den blessierten Frontkämpfern lorbeerumkränzte Prothesen verbindet die verletzte Eigenliebe mit Epigraphen verleiht Medaillen für gescheiterte Scharmützel erfindet Heldenepen für Epigonen führt die alten Scharteken aufs Glatteis läßt die lecken Schaluppen auf den Wellen der Illusionen tanzen birgt die abgetakelten Fregatten die voll Hoffnung wieder flott zu werden in der Agentur Maya auflaufen an den verheißungsvollen Gestaden apokrypher Dithyramben elaborierter Elogen deformierter Dokumente und fingierter Episteln verschreibt den ehedem Berühmten deren beste Zeit vorbei ist Balsam gegen Geschicksverrenkung Totesaison flieht vor den fröhlichen Fickern und Fressern flüchtet in ihre Klause wo sie ihr frommes Werk vollendet *Friede den Verbitterten!* mit diesem Schlachtruf führt sie die Phalanx ihrer ehrsüchtigen gichtbrüchigen Schiffbrüchigen zu neuen Ufern täglich sitzt Totesaison an ihrem Schreibtisch der an der Wand steht nie hebt sie ihre Augen zu dem Stückchen Himmel in dem kleinen Fenster über ihrem Kopf wie festgewachsen sitzt sie im Mantel auf ihrem Stuhl in der Agentur Maya und knabbert Sonnenblumenkerne sie dichtet verzaubert und blendet sie wirft die Lügenmaschine an die Instant-Lebensfreude spendet sie lädt die altersschwachen Batterien mit ein wenig Energie auf und versetzt die ernüchterten Seelen in einen milden Rausch sie wiegt ihre alten Maya-Kinder gibt ihnen Rassel und Schnuller wieder und verhext sie daß sie glauben daß die Welt noch ihnen gehört sie erfindet Ammenmärchen daß die des Erfolgs so schlecht entwöhnten Bälger sich für deren Helden halten können Totesaison weiß vom Leben nur was der alte Ragot sie sehen ließ im Dunkel seiner Höhle Totesaison kennt vom Leben nur die Reliquien die der alte Plünderer pries und die bittere Galle die der Giftspritze Weisheit hieß Totesaison trottet mit ihrem kleinen Koffer durch die Stadt wie ein Kind das sich vor allem ekelt wie eine Witwe die um das Leben trauert das ihr fortan zuwider ist *faß nichts an! halt Abstand! laß niemand an dich ran! geh weiter! bleib nicht stehen!* die Verbote des alten Bauchredners verfolgen Totesaison fortwährend seine Befehle zerfetzen ihr das Trommelfell sie fröstelt sie friert sie bleibt unberührt *lehn das Lager ab!* sie schließt ihren Mantel sie geht ihres Wegs sie verkriecht sich in ihrer Klause und ersinnt ein glorreiches Leben zum Greisengebrauch

...

einarmig wie er ist ist er doch ein Geschäftsmann ersten Ranges und ein wunderbarer Sohn *einarmig wie er ist* hat er das Haus am See von seiner Mutter übernommen und führt die Geschäfte mit eiserner Hand die Mutter weiß gar nicht mehr wohin mit dem vielen Geld sie muß nicht einmal Kleinigkeiten für sich kaufen zum Zeitvertreib ständig stöbert ihr Sohn seltene Stücke auf die er ihr dann von wer weiß wo einfliegen läßt wenn er sie nicht einfach mit Blumen Früchten Pralinen überschüttet die Mutter liegt nur im Bett nascht an den Leckereien und wartet auf ihren Sohn der täglich zu Besuch kommt und *einarmig wie er ist* unzählige Geschenke aus dem Ärmel schüttelt die Mutter dankt dem Himmel der ihr den Sohn wiedergab indem er dem Sohn einen Arm nahm der ein Weiberheld! ein Windhund! undankbar! und ein Verschwender! war und nur noch für seine Mutter lebt seit er ein Krüppel ist *ein Geschenk des Himmels!* für das ständig ausgebuchte Hotel am See die Mutter erfreut sich bester Gesundheit sie hat nichts zu tun als zu essen zu schlafen und auf ihren Sohn zu warten sie wird von Tag zu Tag jünger ganz im Gegensatz zu Ariane die *alt krank allein* mir gegenübersitzt und mir von der gefräßigen Carnivora erzählt die unter der Liebe ihres Sohnes des einarmigen Krüppels aufblüht ganz im Gegensatz zu Ariane der Mandragora die *alt krank allein* vor meiner Türe scharren mußte um sich zum Essen einzuladen denn mir wäre es natürlich niemals eingefallen sie danach zu fragen Ariane sitzt im Pelzmantel da weil sie friert in meinem Loch *eiskalt* ist es hier auch der Fisch den ich vom Privatsekretär meines Freundes des großen Mannes für sie holen ließ ist *eiskalt* Ariane ist so alt so krank so allein und ich empfange sie so gemein Ariane stochert mit der Gabel angewidert in ihrem Fisch Ariane verzieht angeekelt ihr Gesicht und legt ihre Gabel quer auf den Teller Ariane macht ihren Nerz zu den sie in weiser Voraussicht erst nachmittags kaufte nachdem sie ihre Apotheke ausgemistet hatte sie verbrannte Rezepte zählte Pillen kostete Säfte roch an Salben und warf dann alles in den Müll um sich weniger alt und weniger krank zu fühlen doch war sie immer noch genauso allein um die Zeit totzuschlagen ging Ariane dann in die Küche und machte kurzen Prozeß mit faden Gewürzen Päckchensuppen schimmelnden Gurken in Gläsern ranzigen Butterresten und gefrorenen Fischecken ohne Gräten die ganz oben im Kühlschrank vereisten dann leerte Ariane die Flaschen in denen sie den gezuckerten Tee auf Zimmerwärme abkühlt eine nach der andren goß sie die ganze Pisse in den Abfluß nach dem großen Reinemachen fühlte Ariane sich tatsächlich weniger alt und weniger krank doch immer noch genauso allein deshalb hat sie den Mantel gekauft den sie selbst beim Essen anbehält Ariane stellt ihren Nerzkragen auf Ariane hat eine Gänsehaut sie zittert vor Kälte sie friert in ihren eleganten Schuhen sie beginnt zu bedauern daß sie die Arzneien weggeschüttet hat den Fischteller hat sie weit von sich geschoben *basta!* ich habe nicht einmal daran gedacht auch Blumen und Kerzen holen zu lassen zu dem *eiskalten* Fisch dabei ist hier alles so düster alles in meinem Loch trägt dazu bei daß sie sich alt krank allein fühlt und dann drehe ich auch noch das Radio auf um ihre Klagen nicht zu hören ich drehe das Radio auf wie jeden Abend wenn ich allein bin Schlager mit dummem Refrain mag ich am liebsten wo Ariane sich doch jahrelang darum bemüht hat mich einzuführen in die holde Kunst oder was sie darunter versteht Ariane schleppte ihren renitenten Pagen regelmäßig in die Bäderstädte wo er sich am Abend widerstrebend mit den anderen im Kurpark drängeln mußte um einem Gebißträger zuzuhören wie er in einem Pavillon eine Gruppe Gichtiger dirigierte Ariane spielte die Kaufmannswitwe die reist um zu vergessen sie lauschte dem Geleier und ließ ihren Blick in die Ferne schweifen aber zumindest fiel sie damals nicht aus der Rolle Ariane wußte sich zu benehmen manchmal gönnte sie sich in ihrer Trauer einen Tröster einen dieser Vertreter auf Reisen die sich am Abend in den Bäderstädten um die Pavillons des Kurparks scharten um dem Geleier einer Gruppe Gichtiger unter der Leitung eines Gebißträgers zuzuhören *verwitwet wie sie war* fühlte Ariane sich dennoch nicht allzu allein sie hatte ihren Kummer ihren Pagen ihren Tröster während sie sich heute wie ein armes Waisenmädchen aufführt *sie ist die Waise ihres Sohnes* sagt sie jeden Morgen wenn sie aufwacht zu sich selbst und heute abend auch zu mir den kaum berührten Schokoladenkuchen von sich schiebend *basta!* der Kuchen bleibt ihr im Halse stecken weil er sie an die schöne Zeit erinnert die Jahre bevor der Virus mich an den Rollstuhl gefesselt hat die Jahre in denen sie versuchte mich mit Sahnetörtchen und Schokoladentalern zu mästen in effigie des Operettenstars ihres tragischen Helden *those days are gone* säuselt die Stimme im Radio und heute reist Ariane alleine oder allerhöchstens in Begleitung einer ihrer Teetischtanten der sie gegen ihren Willen das Schauspiel der Verlassenen bietet denn wenn sie in Begleitung reist rufe ich schon gar nicht an um sie zu fragen wie es ihr geht im Grandhotel in dem sie abgestiegen ist sitzt sie verlassen da und wartet auf den Anruf ihres Sohnes sie würde so gern vom Mittagessen aus dem Speisesaal ans Telefon geholt sie hätte so gern daß ihre Bekannte die Teetischtante diesen Triumph erlebt *ihr Sohn! der liebe Junge! hat angerufen!* aber es ist immer die Bekannte die man vom Mittagessen aus dem Speisesaal ans Telefon holt es sind immer deren Kinder deren Enkel die mitten ins Essen platzen Ariane bleibt sitzen mit ihrem Essen Ariane bleibt allein mit ihrem Wein der ihr allmählich zu Kopf steigt der sie ihre Einsamkeit vergessen läßt Ariane hört sich abends staunend selber sagen *natürlich hat der liebe Junge angerufen!* weil die Teetischtante die taktlose Bekannte sich so eingehend danach erkundigt hat Ariane erfindet nächtelange Gespräche doch die neidischen Vetteln lassen sich nicht einmal davon täuschen sie lächeln verstohlen sie wagen es Ariane mitleidig anzusehen und das alles nur meinetwegen weil ich gleichgültig bin und kalt alles ist *eiskalt* mein Herz mein Blick meine Hände das Essen das ich Ariane serviere die Luft die ich sie atmen lasse der Wein den ich ihr zu trinken eingieße die Worte die ich gnädig an sie richte alles ist trist karg und eiskalt das Zimmer in dem ich sie empfange die Wände die ich nicht gestrichen habe die Fenster in die kein Licht fällt die kalten Kacheln ohne Teppich die schiefen Sessel die ich unbedingt behalten mußte absichtlich lebe ich in diesem Loch und friste meine Tage in diesem Elend ich will beweinen daß die Erde ist und Klage führen gegen die Mandragoras der Welt die mit ihrem Uterus das Unglück nähren ich spiele den Kranken ich warte auf den Tod Arianes um mich zu erheben aus meinem rollenden Sarg und über den Leichnam Arianes hinwegzuschreiten *und Ariane träumte doch von einem Liebesdiener* einem dienstbaren Sprößling dem sie als Lehnsherrin befohlen einem reizenden Schößling der seine Liebe nicht verhohlen hätte und was ist draus geworden eine Mißgeburt die höhnt und äfft

. . .

da sitzt sie in ihrem Loch verkriecht sich kommt nicht mehr heraus wenn man an dieses Loch denkt wo sie tagaus tagein die Mumien schminkt den Leichen wieder Leben schenkt da sitzt sie in dem Loch das auf sie gewartet hat mit ihrem kleinen Koffer ihren Sonnenblumenkernen mit einer aus dem Hotel geklauten Decke und einem nagelneuen Schlafsack der sich aufrollen und einrollen läßt und in eine Schublade paßt in der Rue de l'Échaudé in einer Zelle der Agentur Maya *weit weg von den fröhlichen Fressern und Fickern* sitzt Totesaison in ihrem Loch sie kommt nur heraus um zum Grab des alten Ragot zu pilgern und zu mir in meine Höhle um in meiner Badewanne abends ein Bad zu nehmen erst danach erzählt sie mir die neueste Affaire *die Geschichte vom Polstermörder!* er meuchelt alte Menschen in ihren Betten mit dem Kopfpolster das er ihnen auf den Mund drückt erstickt er sie nie ist ein Einbruch festzustellen nie fehlt etwas er kommt er drückt den Alten ein Kissen auf den Mund und verschwindet spurlos wie er kam stets trägt er einen langen Mantel einen schwarzen Hut es gibt Zeugen die behaupten er sei schnell wie der Teufel andere sagen er gehe wie auf Taubenfüßen er schlägt nur dann zu wenn es abends gewittert und regnet wenn der Abendhimmel übersät ist mit blauen Flecken und Schmissen er überrascht seine Opfer im Schlaf sie wehren sich nicht sie sterben mit einem friedlichen Ausdruck einem Lächeln im Gesicht *man könnte meinen daß sie ihn erwartet haben man könnte meinen sie haben dafür gebetet daß er endlich komme der Mörder mit dem schwarzen Hut* der seine Unverfrorenheit so weit trieb daß er auch die Mündel der Agentur Maya nicht verschonte zwei Abonnentinnen hat er schon um die Ecke gebracht zwei ehedem berühmte alte Damen deren Namen auf Totesaisons Liste standen Totesaison hatte die beiden alten Damen mit Medaillen verziert und mit Ehrungen ausstaffiert und wie überreife Früchte die vom Baum des Ruhms gefallen waren eingesammelt und im Likör der Eigenliebe konserviert jetzt lagen sie tot in ihren Betten *von einem Kopfkissen zermatscht!* Totesaison lacht schallend ihr Lebenswerk sabotiert! ihre Arche ruiniert! ihre Herde dezimiert! eine nach der andern wird sich aus dem Staube machen eine nach der andern wird sich den Todesengel anlachen ihm ihre Tür aufmachen und dem Mörder mit dem schwarzen Hut den Mund zum Kusse bieten *der große Schatten klaut die senilen Kinder aus der Krippe* eins nach dem andern wird die heilsamen Salben die Zaubertränke die Weihrauchfässer der Agentur Maya nicht mehr brauchen wenn das so weitergeht muß die Agentur Maya schließen und Totesaison fliegt womöglich noch aus ihrem Loch der alte Ragot wird sich totlachen in seinem Grab *er hatte es ihr vorhergesagt!* Elend! Unglück! ewiger Jammer! doch sie wollte nicht auf ihn hören sie hätten gemeinsam sterben sollen sie und er im selben Grab beerdigt werden sie und er seitlich beieinander liegend Kopf an Fuß und Fuß an Kopf das war ihm wichtig er wollte die Lippen seiner Schülerin an seinen Füßen spüren er wollte nicht alleine gehen er hatte Schiß der alte Ragot zitternd vor Angst klammerte sich das alte Gerippe an Totesaison sie sollte bei ihm liegen die Lippen an den Füßen ihres Meisters *so war es abgemacht nicht wahr* denn die Verwesung kriecht von den Füßen in den Körper und mit ihr kommt die Furcht die sich von unten anschleicht weil man an den Füßen am verletzlichsten ist und am leichtesten friert wenn man da liegt und allein ist der alte Ragot ging auf und ab in seinem weinroten Schlafrock er würde ein Schreiben hinterlassen sagte er in seiner Bibliothek *die Körper seitlich beieinander liegend Fuß an Kopf und Kopf an Fuß* so ist es abgemacht nicht wahr sagte der alte Ragot und ging auf und ab zwischen den Schrumpfkopfreihen in seinem Keller *kein Gesellschaftsfräulein sei bis dato dieser Ehre für würdig befunden worden* Totesaison möge das richtig verstehen *seitlich beieinander liegend Kopf an Fuß und Fuß an Kopf* sagte der alte Ragot zu Totesaison morgens und abends alles war vorgesehen außer ihrer Flucht sie nahm nur ihren kleinen Koffer mit sie ließ ihn im Stich sie ließ ihn allein in seiner Bibliothek allein in seinem Stadthaus am Tag nach ihrer Flucht zog sich der alte Ragot einen Sack über den gerupften Schädel er starb in seinem weinroten Schlafrock den Kopf in einer Plastiktüte es war ein regnerischer Tag als Totesaison davonlief der alte Ragot stand auf dem Balkon seines Hauses und war damit beschäftigt das Wasser das vom Himmel fiel in seinen Eimern aufzufangen sie wußte daß er sehen konnte wie sie fortging sie wußte daß er ihrer Flucht gewahr war doch der alte Ragot tat nichts um sie zurückzuhalten sondern *grinste!* und grinst wohl noch immer wenn sie morgens an sein Grab kommt um sich zu sammeln er hatte sie gewarnt ihn zu verlassen er hatte ihr das Gewimmel der fröhlichen Ficker und Fresser immer vorhergesagt und doch war sie geflohen wozu eigentlich um die zahnlosen Hyänen die sich für die Herrn des Dschungels hielten mit süßem Schleim zu füttern um ihre abgewetzte Haut auf Hochglanz zu polieren um ihre zitternden Tatzen zu lecken wozu eigentlich um sich in diesem Loch zu verkriechen ging es ihr dort besser als im Grab sie wollte sich rächen sie mußte ja unbedingt wissen was draußen war sie hat sie erlebt die fröhlichen Ficker und Fresser nun sitzt sie ganz allein in ihrem Loch er liegt allein unterm Stein und verwest und hat Angst und zerfällt zu Staub und wird bald nicht mehr grinsen können wenn sie ihn besuchen kommt mit diesem Ausdruck eines Rehleins das um seinen Jäger trauert im Gesicht *und dabei hätte es auch für sie einen Sack gegeben!* eine für sie bestimmte Plastiktüte die nur auf sie gewartet hat sie hätte sie nur über den Kopf zu ziehen und keine Angst mehr zu haben brauchen aber sie mußte ja fliehen ließ lieber den alten Ragot im Stich *sollte er sich doch den Sack über den gerupften Schädel ziehen!* sollte er doch in seinem Grab verrecken *die Zeit war reif!* ihre Stunde hatte noch nicht geschlagen sie wollte etwas sehen von der Welt und was hat sie gesehen Hotelzimmer und ein Gewimmel von fröhlichen Fressern und Fickern die überall waren jetzt sitzt sie in ihrem Loch ob sie sich jetzt wohler fühlt *welche Verschwendung!* all die Bücher die er ihr zu lesen gab die Seiten die sie auswendig lernte wozu eigentlich um Heldengeschichten für Halbtote zu erfinden um Halbblinden Lorbeerkränze zu winden um der Menschheit in ihrem Lug und Trug und Dünkel und Dreck frohe Botschaften zu verkünden sie braucht sich gar nichts einzubilden er flößte ihr die raffiniertesten Gifte ein und sie spuckt Honigseim sie hat ihn eingewickelt er hat gut grinsen und schimpfen er ist allein in seinem Sarg sie verbarg ihre Pläne vor ihm sie brachte ihm sein Sorbet sie wusch seinen weinroten Schlafrock sie half ihm das Regenwasser zu sammeln auf dem Balkon seines Hauses sie setzte sich zu ihm wenn er nicht einschlafen konnte sie nahm seine Füße in ihre Hände und rieb sie um sie zu wärmen sie stürzte sich voller Gier auf alle Bücher die er ihr gab *wie jemand der seine Flucht vorbereitet und Mundvorrat einsackt für den Weg* sie ging mit ihrem kleinen Koffer und mit dem Ausdruck eines Rehs das seinen Jäger zur Strecke brachte sie ließ ihn fallen obwohl sie gesagt hatte *einverstanden Kopf an Fuß und Fuß an Kopf* sie brach ihm die Treue weil sie sich aufsparen wollte für diesen Tropf den sie nur den Zwilling nannte in ihren kriminellen Gefühlsduseleien sie brannte schon darauf mit ihm beieinanderzuliegen *Kopf an Fuß und Fuß an Kopf* und ihre Lippen an seine Füße zu schmiegen und mit ihm wer weiß was zu treiben sie wollte nur ihre Ruhe deshalb hat sie das alles versprochen sie wollte nur ihre Ruhe deshalb hat sie das alles gelesen sie wollte nur ihre Ruhe deshalb hat sie das alles gelernt sie wollte nur ihre Ruhe deshalb war sie so fleißig deshalb war sie so übereifrig sie wollte nur ihre Ruhe dafür war sie zu jedem Verzicht bereit und der alte Ragot hatte sich eingebildet sie zu besitzen bis in die Fingerspitzen hätte er denn von ihr auch nur den kleinen Finger genommen wenn sie doch um auf den Zwilling zu warten floh er würde kommen der Zwilling er würde das Land die Stadt das Haus am stinkenden Fluß verlassen und kommen um sie wiederzufinden und am Ende mit ihr zu verschwinden dann würden sie beieinanderliegen *Kopf an Fuß und Fuß an Kopf* gleich neben dem Grab des alten Ragot und das Fräulein würde seine Lippen an die Füße des Zwillings schmiegen und mit ihm wer weiß was treiben

...

er nahm sie in den Arm und zog sie in den Schmutz er warf sich vor ihr nieder und spuckte ihr ins Gesicht er ließ sie so wunderbar leiden sie wurde dessen nicht leid er trat sie mit Füßen sie rühmte sein Feuer er war so jung so hitzig wie der Operettenstar als er die ihm frisch Anvermählte in den Fluß warf Ariane dagegen hatte gerade das Alter seiner Mutter erreicht *er war arm wie eine Kirchenmaus und getrieben wie ein fliehendes Fohlen* er gab sich als Seiltänzer aus doch vor Antritt eines Engagements verstauchte er sich stets den Knöchel verdrehte sich den Daumen verrenkte sich das Gelenk und kam nicht einmal zur Probe *er verschenkte sein Leben* sagt Ariane die es sehr verblüffte daß sie sich auf die halsbrecherische Geschichte mit dem arbeitslosen Akrobaten überhaupt eingelassen hatte mit diesem albernen Artisten der dauernd die Verbindung unterbrach und den Hörer auflegte wenn sie mit ihm sprach weil er angeblich keine Lust zu reden hatte der ihr anfangs alle Tage Briefe schrieb voll Poesie was in der Sprache Arianes besagt daß die Briefe von Orthographiefehlern strotzten diese poetischen Briefe waren Zeichen seiner artistischen Begabung *trockene Gelehrsamkeit war eben nicht sein Fall er war frei wie ein Vogel* sagt Ariane die Glanzleistung des Seiltänzers im freien Fall war die Verpflichtung einer fanatischen Verehrerin die jederzeit auf Abruf bereitstand Beifall zu klatschen wenn er versagte und seine Unfähigkeit frenetisch zu feiern denn der Artist war vom Dämon der Selbstzerstörung befallen formuliert Ariane fasziniert sie fand es erregend zu verfolgen wie er den Boden unter den Füßen verlor er kannte keinen Respekt er schlug alles kurz und klein er spielte den Kasper sie fand es erregend des Seiltänzers Absturz mitanzusehen er liebte das Leben nicht *er wollte sein Leben nicht leben* er war ein richtiger Rebell und ein rechter Rüpel seine rotzigen Reden ließen wie der Rest darauf schließen daß er es nie zu etwas bringen würde Ariane fand die Vorstellung erregend den Artisten beizeiten seinem Schicksal auszuliefern sie habe sprach sie versucht ihn zu retten doch er sei verloren zum Unglück geboren zum Unglück geschaffen vom Unglück angezogen wie Hunde von dem was sie erbrochen haben *irgendwann mußte man die Niete fallenlassen* doch davor fand Ariane es erregend als reife Frucht an einem frischen Zweig zu hängen sie fand es erregend die Flehende die Abgefeimte zu fingieren sie fand es erregend sich von ihrem Erzengel vorführen zu lassen der fürchterliche Dinge sagte über alles und jeden Ariane lachte Ariane vergaß darüber die Annehmlichkeit ihres achtbaren Witwendaseins Ariane fand den Kasper ganz nach ihrem Geschmack es war eine angenehme Mischung aus Tragik und Träumerei eine folgenlose Tändelei mit dem Verhängnis *äußerstenfalls* würde Ariane den Seiltänzer fallenlassen würde Ariane wieder Trauer tragen um den Spekulanten würde Ariane wieder *ihr Leben leben* und die

Witwe spielen ihren Kummer und ihren Pagen in den Bäderstädten spazierenführen und sich gratulieren daß sie ihre Haut gerettet hat denn der Kasper verlor seinen Kitzel auf Dauer wurde der Erzengel *unerträglich* er hatte Ariane gefesselt gefangen dann war er ihr auf die Nerven gegangen Ariane hatte sich in aller Freiheit ein Abenteuer genehmigt Ariane hatte freilich noch eine Fehde mit ihrem Feind dem verblichenen Falschmünzer auszufechten Ariane hatte diesen fragwürdigen Freibeuter gefunden und mit diesem Früchtchen dem flotten Filou ihrem Freund frech vor aller Welt geflirtet fortwährend den fragilen Ruf der fehllosen Witwe gefährdend doch das waren Flausen gewesen Phantasien von fremdartigen Gefühlen sie hatte nur einen Fimmel befriedigt *basta!* eines Morgens blickte Ariane in den Spiegel und sah einen schäbigen Bettvorleger das war sie und was hatte sie davon daß sie die Gelage ihres Galans bezahlen durfte der ständig davon faselte sie könnten doch gemeinsam die Fliege machen er war jung frei flammend in reinem Zorn sie fügsam falsch und giftig wie eine alte Schlange die sich langweilt weil sie die anfangs erregende *affair* allmählich ermüdend fand der arbeitslose Akrobat versoff das Geld des flambierten Gatten der Artist war ständig blau und nicht mehr imstande die Wollust der Witwe zu wecken die sich von da an aus dem Spiel zurückzog die Zeit war vorbei da die Leidenschaft Ariane in alle Zustände versetzte die Zeit war vorbei da Ariane beim Teekränzchen gähnte und sich zu den Teetanten sagen hörte sie sei mit ihrem Erzengel in Bars *versumpft* bis morgens früh er habe noch geschlafen als sie sich mühsam aus dem Bett gequält um ihre Freundinnen zu treffen *diese Schäfchen die das Joch des Schinders noch nicht abgeschüttelt hatten* die Zeit war vorbei da Ariane danach eiferte um jeden Preis dem Erzengel zu gleichen und fürchterliche Dinge sagte zum Beispiel sie hätten *die ganze Nacht gesoffen geraucht und gevögelt* die Zeit war vorbei da Ariane um den Teetanten *eins auszuwischen* begeistert solche fürchterlichen Dinge sagte mit ihrem englischen Akzent den sie sich wenn mans bedenkt in dieser Zeit wohl zugezogen hat als sie um jeden Preis dem Erzengel gleichen wollte der sich den Anstrich eines dekadenten Homosexuellen gab was er natürlich gar nicht war wie Ariane stets betonte Ariane war doch keine Tuntentrösterin! so tief war Ariane noch nicht gesunken daß sie sich mit Klemmtrinen abgab! trotzdem ging die *affair* schlecht aus und *at the end* lag der gescheiterte Galan vor Ariane auf dem Boden und kam nicht mehr hoch er sagte zwar noch immer fürchterliche Dinge wie daß die weinende Witwe ihm auf den Wecker falle mit ihrem Weibergetue und ihren gezierten Manieren daß ihm bald die Ohren abfielen von ihrem Gelalle daß sie ihm die Aussicht verderbe mit ihrer zerknautschten Birne er ließ sich nicht lumpen wie man sieht *aber das zog nicht mehr* das Weichei wagte sich den Wünschen der Witwe zu widersetzen sich im Bett zu verweigern da war die Sache gelaufen sollte er sich doch zu Tode saufen ohne Bedauern sah Ariane den schönen Leib des Seiltänzers in den Abgrund stürzen es hätte erregend sein können dieses Schauspiel das Fiasko des Akrobaten der vom

Dämon der Selbstzerstörung besessen war doch ernüchtert fand Ariane das Spektakel zum Sterben Schluß damit! *basta! basta!* in den Orkus mit ihrer Rolle! zur Hölle mit ihrem Liebesflehen! ins Feuer mit den Funzeln die Ariane für die Rückkehr ihres Folterknechts geopfert hatte! zum Teufel mit den vielen Stunden die sie am Telefon verbrachte um dem Flüchtling das Versprechen ewiger Treue zu entreißen! *Vorhang!* bei aller Emphase war sie ermüdend die Zirkusnummer mit dem Clown der über jede Hürde stolpert doch ohne Netz arbeitet in der Hoffnung daß er unten aufgefangen würde es war an der Zeit ihm den Laufpaß zu geben Ariane hatte den Erzengel zwei Monate für sich gepachtet ihn betrachtet und ausgeschlachtet und von seinem Fleisch gekostet doch er würde ihr alles zurückzahlen müssen auf Heller und Pfennig er sollte bluten für all die Male wo er die Verbindung abbrach und den Hörer auflegte wenn Ariane mit ihm sprach er sollte bluten für all die Male wo er Ariane kränkte weil er ihr demonstrativ keine Beachtung schenkte weil er sie bedrängte sich nicht aufzuführen wie ein verliebtes Gänschen weil er die Arme verschränkte wenn sie ihm ihre Hand bot weil er sich lustig machte über ihren tiefen Glauben an die Gabe des Gesangs die ein guter Gott in Arianes Kehle senkte um aus ihr die Lisa della Casa des schwarzen Périgord zu machen weil er Arianes Rolle auf die Pechmarie einengte und für den schrecklichen Nachmittag an dem Ariane sich in ihren modischen Badeanzug zwängte und er ihr mit der Bitte das Herz versengte sich wieder anzuziehen *ihren Mandragorabauch zu verstecken ihre Brüste zu bedecken die nur das Elend nährten* er erfrechte sich zu Ariane zu sprechen wie der Falschmünzer früher und in den folgenden Jahren der Philosoph in seinem todschicken Rollstuhl Feuerköpfe Fallsüchtige Lebensverächter allesamt selbst der Seiltänzer der so süß so verspielt gewesen war verfiel der Raserei er schloß sich mit ihr im Finstern ein und fabulierte über den Salto mortale den er vollführen würde er wollte sie nicht mehr berühren sich nicht mehr berühren lassen er peinigte sie und sie litt Höllenqualen *sie muß den Verstand verloren haben! sie muß vor lauter Liebe verrückt gewesen sein!* sie hatte schon wieder vor der falschen Tür gescharrt sie war schon wieder einem Filz verfallen der mit Gunstbeweisen geizte einem Flegel der sich vom Geld des verblichenen Falschmünzers mit Fusel vollaufen ließ was ihn jedoch nicht davon abhielt das Witwenherz zu foltern *basta!* sollte er doch verrecken! sollte er sich doch den Schädel zerschmettern! sollte er doch bis zum Hals im Unglück stecken! eines Morgens war Ariane aufgewacht und von da an hätte der Egoist wie sie ihn schließlich nannte mit dem Kopf gegen die Wand rennen verbluten sich vom Dämon der Selbstzerstörung auffressen lassen können es hätte sie nicht berührt selbst wenn er unter ihrem Fenster seine Zirkusnummer aufgeführt hätte Ariane schlüpfte wieder in ihr Witwenkostüm überprüfte ihre raunenden Mandragoragefühle und kehrte zu ihrem früheren Leben zurück um sich rührend um ihr Alraunmännchen zu kümmern das sie spürbar vernachlässigt hatte und nun von Gewissensbissen überwältigt wieder an die Leine legte

. . .
sie lagen Seite an Seite in ihrem Bett die Decke bis zu den Achselhöhlen hochgezogen die Hände auf dem Bauch gefaltet mit heiterem Gesicht als hätten sie gedacht das ganze sei nicht ernst gemeint als hätten sie gedacht es sei bloß eine Probe als hätten sie gedacht sie seien immer noch die Satansbräute aus der Serie die ihren Ruhm begründet hat wo sie sich in die Haare kriegten wegen des Vampirs der doch gleich lang an beiden Hälsen saugte dennoch gab es ständig Streit bis der Vampir von dem Gezänk der Schwestern die Schnauze voll hatte und ihnen einen Pfahl ins Herz stieß mit einem Schlag war die Karriere der beiden Starlets damals zu Ende bis der Vampir zurückkam im Gewand des Mörders mit dem schwarzen Hut und sie mit seinem Besuch beehrte in ihrem Haus wo sie zusammen wohnten in ihrem Bett wo sie zusammen schliefen so fanden sie den Tod gemeinsam und zur selben Zeit wie sie ihr Leben gelebt gemeinsam und zur selben Zeit den Verstand verloren hatten nämlich kurz nachdem sie beide zur Agentur Maya gegangen waren das feine Lügengewebe das Totesaison gesponnen die Briefe Artikel Lobeshymnen die Totesaisons verkorkstes Hirn ersonnen hatte waren den Schwestern zu Kopf gestiegen sie sahen auf alle Leute herab mit dem Hochmut der Satansbräute deren vor Jahren gefallener Stern längst in der

Gosse verglüht war aus den Starlets von einst waren zwei alte Schachteln geworden *der Zwirnsfaden und der Fettberg* die Dürre mit ihrem blauen Kopftuch die Dicke mit ihrem speckigen Rock zwei alte Weiblein ein bißchen spinnert ein bißchen komisch mit ihrem Gebaren ungekrönter Prinzessinnen er hat gründlich aufgeräumt der Polstermörder mit den zwei Kissen die sich die beiden jeden Abend auf die Beine legten um nicht zu frieren hat er sie beide *gleichzeitig* erstickt sie waren gerade eingenickt sie hatten beide ein Schlafmittel geschluckt davor hatten sie noch gestritten weil in dem Artikel den sie an diesem Morgen von Totesaison erhalten hatten über die Dürre eine Zeile weniger gedruckt war als über die Dicke drauf hatte die Dürre aus Rache der Dicken einen Rock gemopst und zerschnitten um sich heimlich ein neues Kopftuch zu machen deshalb hatten sie gestritten daß die Fetzen flogen wie damals als sie die Satansbräute aus der Serie waren doch man sah nur zwei alte Satansbraten die sich um einen Stoffetzen in der Wolle hatten der kein Rock mehr war und noch kein Kopftuch *die alten Fuchteln!* sagt Totesaison sie gönnten einander nichts sie zankten um Nadel und Faden denn sie kamen nur schlecht über die Runden seit sie zu den Kunden der Agentur Maya gehörten was ihre verstörten Seelen noch verwirrter machte und sie um ihre letzten Groschen brachte das muß man gesehen haben sagt Totesaison wie sie tagtäglich ihre Runde drehten um sich mit dem Nötigsten zu versorgen das muß man gesehen haben sagt Totesaison wie die Dürre mit dem blauen Kopftuch die Augen fest auf den Boden geheftet die ganze Gegend nach verlorenen Münzen absuchte um sich sofort darauf zu stürzen wenn sie eine sah das muß man gesehen haben sagt Totesaison wie die Fette mit dem speckigen Rock jeden Abfalleimer durchwühlte um sich die Taschen mit Müll vollzustopfen das muß man gesehen haben sagt Totesaison wenn sie sich beobachtet fühlten tänzelte der Fettberg wie einst als Starlet auf der Bühne von den Abfalleimern fort und der Zwirnsfaden hob im selben Augenblick den Kopf und sah sich wachsam um *das Schauspiel war erheiternd* sagt Totesaison sie hat die alten Suppenhühner die zu ihr gekommen und ihr auf den Leim gegangen waren eingefangen und ausgenommen sie spionierte hinter ihnen her und konservierte ihren Wahn indem sie dem Spektakel das sie boten auch noch applaudierte und in ihrer Zelle eifrig den Seim destillierte nach dem die alten Wachteln süchtig waren *na und* ich könnte es Totesaison doch nicht verdenken wenn die Schwestern sich an ihren Zaubertränken beschwipsten und fröhlich piepsten wenn sie ihnen ein paar Körnchen streute und damit ihre Eitelkeit erfreute sie hätten sich nie beschwert daß sie darben mußten um ihren Größenwahn zu mästen im Gegenteil! ich hätte sie gackern hören sollen wenn ein Brief aus der Rue de l'Échaudé eintraf ich hätte die wackern Schwestern sehen sollen *den Zwirnsfaden und den Fettberg* wie sie den Umschlag der Agentur Maya umschlichen die Zeilen verglichen die beide zu ewigen Starlets machten worüber hätten sie sich denn beschweren wollen *als Zugabe* war noch der Mann mit dem schwarzen Hut der Polstermörder gekommen das nennt man *in Schönheit sterben* dem alten Ragot war kein solches Glück beschert gewesen er starb allein er hat sich einen Sack über den Kopf gezogen als Totesaison ihn verließ er sagte nichts doch kaum war sie um die Ecke gebogen stieß Ragot die Eimer um die wie gewöhnlich in einer langen Reihe vor den leeren Zimmern im ersten Stock seines Hauses standen um den Regen aufzufangen und sah zu wie das Wasser über den Balkon schoß sich in großem Bogen auf die Hauswand ergoß und schließlich ins Rinnsal floß *da gingen sie hin seine Pläne!* das stille Wasser war fort in welchem Strom in welcher Gosse an welchem Ort der alte Ragot beschloß hinunterzugehen in seine Bibliothek es war noch alles da und doch war es so als hätte sie alles mit sich genommen *wer* würde in Zukunft all diese Bücher lesen *wer* würde zuhören wenn er die alten Säcke von gegenüber verfluchte *wer* würde ihm seinen weinroten Schlafrock waschen *wer* würde ihm sein Schälchen weißen Reis in heller Hühnerbrühe bringen *wer* sein Sorbet *wer* würde ihm die Füße wärmen wenn er nicht schlafen konnte *aus und vorbei!* der alte Ragot hielt es in seiner Bibliothek nicht mehr aus und suchte in seinem Keller bei den Schrumpfköpfen Zuflucht in einer Ecke kauernd den gerupften Schädel zwischen seinen Händen verbrachte er die Nacht er heulte vor Wut er war nicht auf der Hut gewesen Totesaison hatte seinen Argwohn hintertrieben wo war sein Reh nun geblieben hätte er ihr doch die Beine gebrochen statt sie laufen zu lehren hätte er ihr doch die Augen statt sie zu öffnen ausgestochen hätte er sie doch beschämt und vermurkst statt ihr solche Schätze auf den Weg zu geben für die Flucht das war die Frucht seiner Mühen daß er nur noch heulen konnte vor Wut weil Totesaison ihn verraten und im Stich gelassen hatte der alte Ragot tobte die ganze Nacht am frühen Morgen des folgenden Tages zog er sich in seinem Keller eine Plastiktüte über den Kopf vielleicht versuchte er nur sein Wutgeheul zu ersticken denn er wollte nicht sterben auch wenn er schon alt war und einsam sterben schon gar nicht er genoß sein Eis sein Schälchen weißen Reis in heller Hühnerbrühe und Totesaisons Hand auf seinem gerupften Schädel warum sollte der alte Ragot auf die kleinen Freuden des Lebens verzichten wieso war sie fort was wollte sie draußen was machte sie für Geschichten welche Pflichten zwangen sie zu flüchten wollte sie dem Zwilling Tribut entrichten konnte ihr der den sie so nannte aus der Ferne Verrat befehlen *denn es war Verrat* in aller Stille hatte sie heimlich die Flucht vorbereitet *sie* die ihm geschworen hatte seine Hand zu halten wenn der Tod ihn holen käme und sogar mit ihm zu gehen *sie* die ihm langmütig schöngetan hatte ihn kaltblütig abgetan weil sie sich schon dem Zwilling dem sie zugetan versprochen hatte *sie wartete auf ihn* und schöpfte aus diesem Warten die Kraft das Haustor aufzustoßen und wegzulaufen und hat es geschafft dem alten Ragot den Rücken zu kehren dem schwoll der Kopf vor Schmerz und Wut bis er den Sack darüberzog *sie* ließ ihn im Stich seine Puppe just als er sicher war sie zu besitzen just als er sicher war daß sie die Seine bis in die Fingerspitzen daß sie keinen

Schritt mehr gehen keinen Gedanken fassen könne ohne sein Wissen *ha! ha!* er war sich ihrer so sicher gewesen daß er dachte *sie würde sterben* wenn sie ihn verließe weil sie niemand andern hatte als den alten Zausel den sie trösten kosen waschen stärken sollte doch eines regnerischen Abends entfloh das Reh und der alte Ragot in seinem weinroten Schlafrock verkroch sich im Keller er fror an den Füßen die ganze Nacht und um seine Wut zu ersticken zog er sich frühmorgens eine Plastiktüte über den gerupften Schädel

. . .

ob ich lebendig wäre oder tot das wäre dir total egal sagt die Mandragora und zieht an ihrer Zigarette einer dieser langen weißen Zigaretten die Ariane früher rauchte um den Artisten nachzuäffen der diese langen weißen Zigaretten immer im Ausland bestellte bis sie ebendiese langen weißen Zigaretten dem Filou auf seiner Flugbahn hinterherwarf in den Müll und nie wieder eine Zigarette rauchte bis zu dem Tag zu einem dieser vielen Tage im Kalender wo Ariane sich so alt so krank so allein fühlt daß sie die Apotheke ausmisten den Kühlschrank aufräumen die Schubladen entrümpeln muß an diesem Tag beschloß Ariane ihre Garderobe zu durchforsten den kunterbunten Krimskrams den sie in Kisten und Kästen hortet die Massen von Mänteln Röcken Schuhen die sie wie Reliquien hütet und fand beim Stöbern in der Tasche eines Mantels den sie in der Artistenära getragen hatte eine leere Zigarettenschachtel und fühlte sich wie sie die Zigarettenschachtel in der Hand hielt mit einemmal nicht mehr ganz so alt krank allein aus diesem Grunde rief Ariane gleich am nächsten Tag im Ausland an um einen Posten dieser langen weißen Zigaretten zu bestellen die sie kaum daß sie eingetroffen waren zu rauchen anfing ohne es zu übertreiben allerdings am liebsten raucht sie beim Tee besonders wenn sie ihren Tee allein nimmt *aber warum erzählt sie mir das alles überhaupt wo mir ihr Schicksal doch total egal ist* und mit einer ärgerlichen Handbewegung drückt die Mandragora die Zigarette auf dem Wasserbauch des Teebeutels aus den sie soeben aus ihrer Tasse gefischt hat *kein einziges Mal hast du angerufen!* Ariane hätte sterben können dort in dem Grandhotel am Meeresstrand und ich hätte von nichts gewußt Ariane hat Tag für Tag auf meinen Anruf gewartet Tag für Tag hat ihre Freundin die liebe Mildred gefragt ob *er* angerufen habe Ariane konnte ihr nichts erzählen der lieben Mildred die mich nie wieder *unseren Philosophen* genannt hat seit sie aus meiner Höhle flog sondern im Entrüstungsregister der jugendlichen Heldin täglich Nachricht vom *Scheusal* verlangte das sich nicht herabließ auch nur einmal anzurufen doch Mildred die schöne Seele schüttete nicht auch noch Öl ins Feuer sondern ließ es in bescheidenem Triumph damit bewenden ihre Empörung kundzutun *das ist der Gipfel der Grausamkeit!* sagte die liebe Mildred und lieferte damit das Incipit der langatmigen Lamentationen mit denen Ariane mir die Ohren volleiert seit sie aus dem Grandhotel zurück ist wo sie ihre letzten Tage im Bett verbrachte in dem bonbonrosa Baumwollpyjama den sie auf Mildreds Drängen gekauft hat *als Künstlerin und Malerin* fühlt Mildred sich nämlich verpflichtet sich wie ein Sack zu kleiden wobei sie schreiende Farben und plüschige Stoffe bevorzugt um ihr heißes Geblüt ihr zartes Gemüt zum Ausdruck zu bringen doch der bonbonrosa Baumwollpyjama übte auf Ariane eine paradoxe Wirkung aus er machte aus ihr ein Kind das schmollt das sich im Bett zusammenrollt und grollt *das ist der Gipfel der Grausamkeit!* die fixe Idee führte zu einem Darmverschluß der die Verdauung sehr erschwerte und in der Folge zum Darmerguß der ihre Eingeweide schwer versehrte und Ariane die Erholung verwehrte worauf sie ihren Rückzug zur Quarantäne erklärte *sie dachte sie müßte sterben!* der Bauch war geschwollen und hart wie ein Brett gegen den Rat der Ärzte blieb Ariane den ganzen Tag im Bett jeder Bissen lag ihr bleischwer im Magen Ariane konnte überhaupt nichts mehr vertragen Ariane war drauf und dran zu verzagen Ariane lag im Bett und bohrte die Fäuste in den Bauch der schließlich nachgab und in einem fürchterlichen Krampf rumorte so daß Ariane in den letzten Tagen ständig zwischen ihrem Bett und jenem Orte hin- und herlief den Ariane in Worte zu fassen sich weigert *auf der Stelle* wollte Ariane *dort krepieren* Ariane war *halbtot* und völlig leer nachdem sie sich kriechend aus ihrem Bett an den verdammten Ort geschleppt und mußte dort in einem fort doch wieder hin *und das Telefon schwieg eisern!* mir war ihr Schicksal ja total egal wo Ariane immer um meine behinderte Zukunft bangte ein Beispiel langte nämlich das Schmuckkästlein das rosenumrankte Häuschen das Ariane mir aufdrängen wollte ein Häuschen mit allen Schikanen doch ich dankte es ihr nicht im Gegenteil ich wollte in dieser Höhle hausen die nicht ausschließlich an den schiefen Möbeln krankte und verlangte daß man meine Bücher dorthin schaffe Ariane wollte mir das Nonplusultra bieten das Neueste was es für Behinderte gab und eine

Krankenschwester mieten die mich den ganzen Tag überwacht und angelacht und der Mandragora alles hinterbracht hätte was ich sagte und tat das habe ich mit Bedacht abgelehnt und eine Zugehfrau genommen die morgens mittags abends vorbeischaut um mir das Essen zu bringen und bei der Toilette zu helfen ansonsten kann ich auch in einen Spucknapf pissen den ich dem Strahl entgegenhalte oder einfach meine Hose nässen *die Wahrheit ist* sagt die Mandragora mit ihrem englischen Akzent und stößt ihre Tasse von sich bevor sie eine ihrer langen weißen Zigaretten ansteckt *die Wahrheit ist du wolltest schon immer mein Leben zerstören* das konnten sie die Männer in Arianes Leben *zerstören* erst der Erhängte dann der Geschäftsmann dann der rachitische Stümper der sich am Ende als der Gemeinste und Sturste erwies dieses Vernichtungskommando hat Ariane systematisch auf sich selbst zurückgeworfen in ein dunkles Zimmer eingeschlossen und dort vergessen wo sie an ihrem Überdruß und ihrer Wut fast erstickte *Gott sei Dank* gab es das Seiltänzerintermezzo das Zwischenspiel mit dem Artisten der auf sie flog und doch nur *seinen Schnabel an ihr wetzte* wie ein Sittich am Sepiaknochen daher war es unvermeidlich daß Ariane auf die schiefe Bahn geriet ja in die Katastrophe abglitt als sie an mehreren Tagen pro Woche die Schwelle des Clubs Sirene überschritt des Clubs Sirene für einsame Herzen Ariane war kaum dort gelandet als die komischsten Vögel sich auf sie stürzten und sie umschwirrten und mit ihrem Girren das Echo ihrer Nichtigkeit in ihren Ohren übertönten und ihr den

Blick verwehrten auf die Verschwörer die höhnisch grinsten da ihr *Zerstörungswerk* seiner Vollendung nah war so jedenfalls beschreibt Ariane in einem Augenblick der Rührung die Deformierung die das Gefühl der *Isolierung* in ihrem Kopf hervorrief Ariane verlangt Wiedergutmachung und Schadensersatz Ariane fordert Gerechtigkeit Ariane nutzt jede Gelegenheit mich zu erpressen wozu weiß sie auch nicht aber ich bin nun einmal hier sie hat mich in die Welt gesetzt und dafür bin ich ihr noch etwas schuldig *im Gegenzug* vielleicht das Glück von dem sie immer hörte das Glück das Ariane begehrte das heißt für Ariane die Unterwerfung unter das Gesetz das Ariane mit Launen Wutausbrüchen Klagen Krämpfen Wünschen schafft ein Karren voller Dreck der auf mich einstürzt mich von meinem Weg abdrängt und meinen superschnellen kleinen Wagen auf die schiefe Bahn lenkt der vom Wind getrieben in den Abgrund braust und die Stimme eines altgewordnen Kindes saust in meinen Ohren fordert Blumen! einen Anruf! Worte! Tränen! Wärme! die Mandragora stürzt ganz zerzaust aus ihrem Bett in ihrem bonbonrosa Baumwollpyjama und fängt mich ein und hält mich fest beweg dich! schreit sie fall mir zu Füßen! küß mir die Hände! umfaß meine Knie! ehre mein Antlitz! und jetzt verschwinde! aus meinen Augen!

...

der Großteil des Geschreibsels heutzutage gärte zu lang in nie gelüfteten Gehirnen den Großteil des Geschreibsels ergrübelten von der Gewöhnung aufgeweichte Geister den Großteil des Geschreibsels heutzutage generierten gangränöse Ganglienhaufen *es gibt keine Bücher mehr nur noch Wiegenlieder und wenn du in den Seiten blätterst schlägt dir der saure Geruch der Milch alter Ammen entgegen und schnürt dir den Hals zu* sagt mein Freund der große Mann der meint die einzige Kunst die zu pflegen sich lohne sei eben die Kunst das Geschreibsel zu mehren was wir auch tun er und ich ist die Moral auf dem Tiefstand gehen wir in die Hotelbar bei mir um die Ecke und lästern über die Welt und bleiben dort bis zur Sperrstunde sitzen er mit dem Rücken zum Eingang ich in meinem todschicken Rollstuhl und auf einem Hocker in unserer Nähe der Kofferkuli wachsam lauschend mit gespitzten Ohren damit kein Satz des *Chefs* verlorengehe und er rechtzeitig applaudieren kann *her mit den Ungeheuern!* sagt jetzt der große Mann *im besten Fall* stammt das Geschreibsel von kultivierten Menschen mit blankgewichster Seele und frisch gebügeltem Verstand sie haben viele Bücher gelesen sind auf Staatskosten im Ausland gewesen verehren die Kunst verachten die Kollegen empören sich wegen des Elends in der Welt sie sind betroffen und fühlen Schuld und haben sich offen jeden Tumult verbeten der den Lauf ihrer Gedankenplagiate stören könnte und was kommt dabei heraus wohin du auch schaust stolperst du ständig über Zitatenabstauber Tröpfe Schlauköpfe blutleere Geschöpfe die sich ihr bißchen Persönlichkeit erst intravenös spritzen müssen *aber keine Ungeheuer nirgends!* sagt der große Mann und der Privatsekretär pflichtet ihm eilfertig bei dreht den mit einem schwarzen Stein bestückten Siegelring an seinem kleinen Finger den er kokett in die Höhe reckt oder in sein flaschengrünes Samthemd steckt um sich am Nabel zu kratzen und seinen Bauch zu liebkosen der immer praller wird seit er die kleine Braunelle gepflückt hat am Ausgang des Sonnenstudios eine UVAbsolventin die auf die Bekanntschaft des großen Mannes ganz heiß war an dessen Seite paradiert seither statt eines kleinen Kofferkulis ein *auf Machenschaften aller Art spezialisiertes Gaunerpaar à la Bonnie and Clyde* denn die Gefährtin des Gehilfen war eine echte Perle und bald auf Draht und eingeweiht in alle Tricks und Kniffe wie es sich gehört hat er sie die Prämissen seines Wissens um den Lauf der Welt gelehrt in seiner Schule der Gerissenheit erfährt sie allerhand wenn er den Siegelring um seinen feisten Finger zwirbelt und die Zigarrenrauchkringel im Kleinformat verwirbelt mit seinen Sätzen die alle mit *sagichdir* enden wenn er ihre Hand in Händen hält und zwischen seinen Sätzen Küsse darauf schmatzt und der Rauch sie so sehr im Hals kratzt daß sie heftig husten muß und ihm die Hand entzieht um sich die Kringel vom Gesicht zu wedeln das dem edeln Antlitz der schwarzen Madonna gleicht sie hat die ultraviolette Gnade erreicht und will nur den großen Mann anbeten selbst wenn sie dafür ihrer aufgeblähten *Liebeskugel* wie sie den Gehilfen gerne nennt entsagen und es ertragen müßte auf die Künste und Verdienste ihres Agenten zu pfeifen der eines Tages seine bühnenreifen Talente entfalten und sie wohlbehalten aus dem Studio entführen wird bis sie die erste Hürde genommen hat und die Flügel des Ruhms sie streifen wird die Braunelle allerdings ihn weiter umschweifen den Gehilfen der heuchelt und tändelt und seiner Sonne im kleinen Schwarzen mit Wonne das Blaue vom Himmel herunterschwindelt am Ende wird sie nicht mehr davon sehen als das Schwarze unter seinem Fingernagel denn wenn er erst seinen Chef den geizigen Geier gerupft hat wird er sich auf sein Täubchen stürzen und es kirre machen mit seinem Gegirre daß man säen muß um zu ernten er wird poussieren und schwadronieren und seiner Braunelle suggerieren daß sie *investieren* solle wenn sie nicht sitzenbleiben wolle auf der untersten Sprosse der Leiter sie wird sich nicht lange zieren wird den Gehilfen ausstaffieren und mit ihren Pfandbriefen Aktien Wertpapieren den Aufstieg erkaufen *roter Teppich inbegriffen Ehrenspalier nach Wunsch und hoch die Tassen!* eines schönen Tages wird es ihr wie Schuppen von den Augen fallen dann wird er ihr reuig zu Füßen sinken und die Hände küssen Tränen werden in seinen Augen blinken sie müsse wissen wird er sagen daß er zweimal Witwer und sechsmal Vater war oder andersrum und immer noch leidend!

wenigstens bis er *sie* gefunden habe seine Perle sein Täubchen seine Madonna *sie* die Muse seiner Mogeleien *sie* die Mutter seiner malignen Manöver *sie* die ihm beim Frisieren der Kostennoten half *sie* die ihn lehrte wie man gefälschte Quittungen in Rechnung stellt *ihn jetzt abzuschießen wäre kriminell* und so weiter je nachdem was hängenbleibt vom Sturzbach seiner Phantasie der noch nicht die wahren Schätze preisgibt die auf seinem Grunde ruhen denn die Schuppen auf den Augen der Madonna halten noch sie ist vor Ehrfurcht ganz geblendet und strahlt vor Dankbarkeit für ihre Liebeskugel die ihr den Weg zum *Chef* geebnet hat sie knabbert an den falschen Perlen ihrer Kette sendet ein paar Strahlen aus zum großen Mann schenkt ihm ein holdblödes Lächeln und überläßt ihre Hand dem Gehilfen der seinen Blick in ihre Gestalt versenkt und dabei an Sparbuch Börse Obligationen denkt *sie wird schon sehen was sie davon hat* der Wicht verspricht vom Dunkelmann zur grauen Eminenz zu werden er ist erpicht den Lauf ihres Geschicks in seine Hand zu nehmen hat er sich nicht schon dazu angeschickt als er die kleine Braunelle am Ausgang des Studios in dem sie Kabinensonne verkaufte gepflückt und damit beglückt hat daß sie statt wechselverjährte Weiber zum Erröten und verkalkte Kahlköpfe zum Erglühen zu bringen und dabei ganz langsam zu verblühen sich in der Prätorianergarde des großen Mannes wiederfindet zu dem sie morgens mittags abends mit eigenen Augen aufblickt das alles verdankt sie ihrer Liebeskugel ihrem potenten Agenten der auf seinem Barhocker hockt über die Worte des Chefs frohlockt und meine steifen Beine von mißtrauischer Furcht verstockt beäugt doch heute abend hat er so schlechte Laune daß selbst die Zigarrenrauchkringel im Kleinformat sich geschockt in die Länge ziehen und zu einer Leidensmiene verzerrt entfliehen *man will seinen Sturz man will ihm schaden* dem Privatsekretär des großen Mannes *wenn er das Gelichter erwischt* zischt er empört wird er es vor den Kadi zerren seit ein paar Tagen nämlich zirkulieren unter der Hand die Kopien eines Filmchens dessen Star sich seinerzeit von unserm Sekretärsanwärter aushalten ließ der dabei viel Humor bewies und sich wenn auch maskiert höchstselbst bereiten ließ von wiehernden Kreaturen und seine Gefährtin mit der Gerte antrieb und sie spuren hieß gefesselt und mit einem Hundehalsband um den Hals *das brave Pferdchen fiel fatalerweise seinem Luden vor die Füße als der im Film die Zügel schießen ließ* und machte den armen Wicht zum Witwer kurz nachdem er Vater geworden war damit begann für den Star der Anfang vom Ende er hat den Film doch nur zum Spaß gemacht und sich nicht viel gedacht bei dieser kleinen Jugendsünde die bis vor kurzem wohlverwahrt im Keller eines Vetters aufgebahrt der in das Machwerk so vernarrt war daß er in regnerischen Nächten sofern er über seine Gattin nicht verfügte einen Janker darauf kriegte und sich allein damit vergnügte ah! Pest und Cholera! der Sekretär legt sein Gehirn in Sorgenfalten um einen Einfall zu erhalten wie seine Abwehr zu gestalten und dem Angriff standzuhalten sei falls die geballten Beweise seiner Sünden der Madonna in die Hände fallen sollten

...

noch zwei sind ihr genommen worden doch darob ist sie ganz froh nun werden keine Anrufe mehr kommen in denen sich die beiden ständig bei der Agentur Maya beklagten daß Totesaisons Werke ihnen nicht behagten daß ihnen die von ihr verfaßten Briefe Artikel Lobeshymnen nicht zusagten sie plagten sie mit Kritik und Kommentaren und machten sich erbötig *der kleinen Tippse* wenn nötig ein paar Sätze zu diktieren und die elementaren Grundbegriffe des Schreibens zu erhellen *die Sätze müßten elektrisieren die Wörter wie Pfeile von der Sehne schnellen und messerscharf ins Schwarze treffen die kleine Tippse neige zu sehr zum Fabulieren* meinten der Mann der mit Messern warf und seine Partnerin *so ließen sie sich nicht abservieren* und hörten nicht auf zu lamentieren sich zu echauffieren und zu reklamieren erst letzte Woche wollten sie ihr Geld zurück weil Totesaison die dachte sie machte ihnen damit eine Freude aus einer Zeit berichtete als ihr Geschick auf Messers Schneide stand seit damals hatten beide kein Glück mehr gehabt ihr Glanz war verblaßt ihr Ruhm verblichen *die alten Tiger umstrichen die Sendung der Agentur Maya und fuhren ihre Krallen aus* es war ihnen verhaßt an diese Zeit gemahnt zu werden als das Messer der Hand des Werfers entglitt und das Ohr seiner Partnerin zerschnitt und das Blut spritzte Totesaison überschritt eindeutig ihre Befugnis wenn sie das *bedauerliche Mißgeschick* erwähnte *dem ein ganzer Rattenschwanz von ähnlichen Ereignissen folgte* für diesen Fehltritt wollten die alten Tiger Vergeltung und da sie ihr Geld nicht zurückbekamen nahmen sie als nächsten Schritt die Entlassung der Tippse in Angriff *der Brief an die Agentur* sagt Totesaison *war schon geschrieben* er lag in der Höhle der alten Tiger die man erdrosselt gefunden hatte den Messerwerfer auf dem Boden mit gebrochenem Genick über ihm seine Partnerin baumelnd mit gebrochenem Blick man dachte zunächst der nimmersatte Polstermörder hätte sie auf dem Gewissen *weg mit den Kissen! her mit dem Strick!* doch es war nicht der Mörder mit dem Hut die alten Tiger hatten sich vor lauter Wut ineinander verbissen sie zerrissen sich Tag und Nacht das Maul über Totesaisons Artikel und zerschlissen sich gegenseitig bis zu jenem Montagabend wo der Messerwerfer sich erhängte ohne seiner Partnerin die an dem Abend außer Haus war auch nur ein Wort davon zu sagen sie muß den schweren Körper abgenommen haben der auf sie fiel und sie in seinem Sturz mit sich riß und mit ihr über den Boden rollte vermutlich grollte sie und stieß ihn von sich und traktierte den noch warmen Leichnam mit Schlägen und Tritten bis sie erschöpft war und stieg dann verwegen auf den Stuhl um sich selbst die Schlinge um den Hals zu legen *da warens zwei!* sie wurden am frühen Morgen entdeckt der Messerwerfer hatte sein Gesicht den nackten Füßen seiner Gefährtin zugewandt die über ihm im Leeren hing und kurzerhand vom Seil geschnitten wurde und an seine Seite gebettet und wie man sie so nebeneinander liegen sah bestand kein Zweifel sie waren verwandt ja mehr noch sie waren Geschwister sie glichen einander aufs Haar wie die Schneiden derselben Klinge sie hatten die gleichen abstehenden Ohren und ahnten daß sie verloren waren weil ihre Ohren sie verraten würden da verfiel der Messerwerfer eines Tages in der desperaten Hoffnung das Zeichen einfach zu streichen auf die verrückte Idee seiner Gefährtin das Ohr abzutrennen und mußte erkennen daß das mißratene Attentat das Problem nicht beseitigte sondern in der Tat fatale Folge zeitigte von diesem Augenblick an folgte ein Unglück dem andern das *bedauerliche Mißgeschick* beendete die Jahre ungebrochenen Triumphs die Tiger verkrochen sich in ihrer Höhle aus der nur noch Gebrüll drang die Nachbarn machte das Gewühl bang das nach dem Empfang der Briefe der Agentur Maya manchmal ein wenig abklang um anschließend desto heftiger wieder loszubrechen das hat wohl Totesaison auf dem Gewissen die ihre Opfer beflissen in ihrer Ehrsucht und Ruhmgier bestärkte *aber wozu* der Messerwerfer war kurzsichtig seine Hände waren gichtig seine Partnerin schwergewichtig und nicht mehr richtig in der Lage die hoheitsvolle Haltung der Hindin hinzukriegen die die Häscher fordert sie mit Pfeilen zu durchsieben *die kleine Tippse hat die Geschwister in die Verzweiflung getrieben* wie sie Ragot zur Verzweiflung trieb indem sie bei ihm blieb bis er von ihr vollkommen abhängig war und dann mit einem Hieb das Band durchschlug das ihn mit ihr verknüpfte und entfloh daß der alte Ragot nicht tot umfiel auf der Stelle lag an dem Stolz den er erworben hatte in den Jahren seiner Einsamkeit in den vielen Jahren als die Fräuleins kamen und gingen ohne einen Sieg zu erringen in den vielen Jahren als der Säulenheilige Ragot auf die alten Knacker spuckte die mit offenem Mund warteten auf den Befund daß sie sich vom Acker machen sollten in den vielen Jahren als der alte Ragot nicht an den Füßen fror und niemanden brauchte der ihm aus vergessenen Seiten vorlas und ihm sein Eis den weißen Reis und sein Glas gefiltertes Regenwasser brachte in den vielen Jahren als jeder Einbruch der äußeren Welt dem alten Ragot nur Ärger machte und Verdruß in den vielen Jahren als er seine erhabensten Gedanken unter Verschluß hielt und seinen Genuß nur mit den Kellergewölbebewohnern teilte den Schrumpfköpfen in ihren verstaubten Vitrinen hätte er Totesaison doch empfangen wie er bis dahin mit allen Fräuleins umgegangen war er stellte sie auf die Probe um sie versagen zu sehen dann konnten sie gehen er warf sie hochkant hinaus knallte das Tor zu und brach in ein sardonisches Gelächter aus *ach wäre er doch nie von seinem Thron herabgestiegen!* doch der alte Ragot ward von Mitgefühl übermannt als Totesaison vor seiner Tür stand und er befand daß es sich lohnte das Fräulein zu retten er ließ das gewohnte Mißtrauen fallen *er ließ sich gehen* der alte Ragot ließ sich in Ketten schlagen von der Angst vor der Kälte und Einsamkeit die stumme Anwesenheit Totesaisons nahm ihn gefangen am Ende hing er wie eine Klette an ihr und schmiedete Pläne für ihr Begräbnis nur um sie auf ewig bei sich zu behalten alle Anstalten waren getroffen daß sie die Orientierung verlor das ließ ihn hoffen sie könne das Tor zur Freiheit nicht mehr öffnen ohne wie vom Blitz getroffen tot umzufallen sie hat einen Narren aus ihm gemacht er hegte keinerlei Verdacht das Fräulein war so gelehrig so brav *ein Glücksgriff!* sie redete wenig sie begehrte nie auf sie war immer um ihn sie las ihm alle Wünsche von den Augen ab und wenn er nachts aus einem Alptraum auffuhr saß sie an seinem Diwan und wischte ihm den Schweiß vom Gesicht und gab ihm zu trinken und schläferte jegliche Vorsicht ein wie hätte er ahnen sollen daß das stille Wasser sich anderswo ein neues Bett grub denn das Fräulein schwieg nur um sich nicht zu verplappern um den Ruf aus der Ferne nicht zu verpassen kaum schien ihr sie habe die Stimme des Zwillings vernommen entsprang sie flugs und wurde für den Treubruch nicht vom Blitz erschlagen und nicht von ihrer Heimtücke zu Fall gebracht *zum Henker mit ihrer Ergebenheit!* da hat Ragot in seiner Gruft sie doch schon wieder auf frischer Wohltat ertappt! die barmherzige Schwester stellt den Verbitterten Schälchen voll vergifteter Milch hin und streichelt sie sanft mit dem Strich bis sie sich endlich im Staube wälzen dann trällert sie ein Liedchen! der alte Ragot hört Totesaison bis auf den Grund seines Grabes die Klage der Zwillinge singen die sich verloren haben und nicht wiederfinden und einander suchen bis sie vor Erschöpfung sterben *pfft!* Totesaison war nicht tot sie hätte wiederkommen können und am Tor des Hauses klingeln durch dessen leere Räume der alte Ragot ihren Namen schrie *abtrünnige Hündin! treuloses Stäubchen! Natternkopfbastardin!* doch nichts davon drang an ihr Ohr sie kehrte nicht mehr nach Hause zurück sie hörte nicht mehr auf den alten Ragot sie blieb sogar taub als er drohte er würde alleine gehen und sich den Sack über den gerupften Schädel ziehen nur so zum Spaß und um das Fräulein zu erschrecken damit es auch ganz sicher wiederkäme

. . .

schließlich ist er geblieben er kaufte einen starken Rasenmäher und machte morgens Eier mit Speck und schmorte sonntags Kaninchen in Senf er blieb und mähte den Rasen und sorgte dafür daß in ihrem Landhaus kein Wasserhahn tropfte kein Abfluß verstopfte alles ist wieder *wie früher* er spricht nicht mehr vom Weggehn er kommt gelaufen wenn sie pfeift er trollt sich wenn sie ihn rüffelt und wenn sie nicht mehr schmollt und mit dem Fuß stampft kommt er schweifwedelnd angetollt und schnüffelt an ihr herum er frißt ihr aus der Hand und geht immer brav bei Fuß er glaubt an ihren Genius er hält sie für brillant und weiht sein Leben ihrem Behagen ihr zur Freude schlägt er sich den Magen voll und züchtet sich ein weiches rundes Polster worauf sie gern ihr Nickerchen verrichtet und wenn sie aufwacht kriegt das Polster einen Klaps *sie hat gesiegt* die zähe alte Mildred und der Abenteurerin die Tour vermasselt die ihren Sohn entführen wollte doch das Schoßhündchen sollte parieren es war ihr gelungen es so zu dressieren daß es sofort die Richtung verlor wenn es sein Körbchen verließ das Hündchen hatte kaum die Abenteurerin gewittert als es schon wieder ganz zerknittert und in Tränen aufgelöst der lieben Mildred in den Schoß kroch jetzt darf ihr Sohn *die große Pflaume* wie Mildred ihn gern nennt die Möbel polieren damit kein Stäubchen die zarten Hände seiner Mama der Malerin beschmutzt er schwingt die Lappen bis alles nach Sauberkeit duftet er putzt das Haus er schuftet im Garten und jätet jegliches Unkraut aus *und ist doch schon vierzig* wenn die liebe Mildred Ringe unter seinen Hundeaugen findet päppelt sie ihn wieder auf mit Weißwein und tätschelt sein Bäuchlein und schickt ihn in den Garten den Rasen zu mähen er hat schon wieder eine neue Mähmaschine in der Garage stehen das ist jetzt die dritte seit dem Schlamassel mit der Abenteurerin und jede war eine Nummer größer als die letzte die neue ist knallrot und röhrt wie ein Traktor er holt sie täglich aus der Garage und fährt mit Gebrumm und oft ohne Not im Garten herum die liebe Mildred stört das überhaupt nicht *die große Pflaume* hat ihr Spielzeug gefunden und während das Kind weißweingestillt auf dem Rasen kurvt kann sich seine Mama die Malerin in aller Seelenruhe ihren kleinen Aquarellen in hellen Pastellfarben widmen *sie hat ihn weichgekocht!* sagt die Mandragora mit Jubel in der Stimme so weichgekocht hat sie *die große Pflaume* daß er nicht mehr zur Arbeit geht sich nur noch selten in die Welt jenseits des Gartenzauns hinauswagt und hochschreckt wenn das Telefon klingelt und die liebe Mildred den Hörer abnimmt dann stockt ihm der Atem vor Angst es könnte die Abenteurerin sein denn wenn die Abenteurerin anruft *kriegt die liebe Mildred ihre Krise* mit Schaum vor dem Mund wälzt sie sich auf dem Boden und reißt sich die Haare aus und schreit und heult und schnappt nach Luft und bricht die Pinsel ab und kippt die Farben um und rennt mit dem Kopf so lange gegen die Wand bis sie eine schöne Beule hat *die Nummer zieht immer* sagt sie zur Mandragora *und sie wirkt Wunder* denn mit ihren Nervenkrisen kriegt sie *die große Pflaume* jedesmal so weit daß er ihr schwört sie nie zu verlassen sie nie allein zu lassen in dem Landhaus das sie gekauft und hergerichtet haben um dort zusammen zu wohnen *sie hat ihn schon fast in der Tasche* er spricht nicht mehr vom Weggehn im Gegenteil er schmiedet neue Pläne und will sich zu dem Rasenmäher noch einen Laubsauger kaufen der genauso stark ist *welch ein Triumph!* seufzt die Mandragora und findet kein Ende die mütterliche Meisterleistung zu bewundern wie die liebe Mildred das gemacht hat wie sie ihren Sohn *der immerhin schon vierzig ist* am Schlafittchen gepackt hat und die Abenteurerin abgehängt wie die liebe Mildred das geschafft hat nur zu gerne hätte Ariane das gewußt und die Taktik gekannt sie erinnert sich mit Schaudern wie ich ohne zu zaudern durchgebrannt bin kurz bevor der rätselhafte Virus mich in den Rollstuhl verbannt hat *mit diesem Straßenmädchen!* sagt die Mandragora in vorwurfsvollem Ton den auch ihr englischer Akzent nicht mildert *ich habe mich davongestohlen wie ein Dieb* und Ariane allein gelassen in der großen leeren Wohnung sie saß am Telefon das eisern schwieg *ich habe nicht einmal angerufen* um ihre Seelenqual zu lindern es wäre immerhin ein Trost gewesen zu erfahren daß der Genuß den ich aus meinem schmählichen Entschluß zog die Reue nicht aufwog Ariane die Treue gebrochen zu haben ich hätte Ariane bedenkenlos im

Stich gelassen um mein Abenteuer zu genießen hätte *das Straßenmädchen* nicht selber bald genug gehabt und mich nach Haus zurückverwiesen wo ich meine fiesen Phantasien ins Kraut schießen ließ nur um Ariane zu verdrießen und zu quälen bis ich ihre Tränen fließen sah ich ließ sie bluten für die Kränkung die *das Straßenmädchen* mir angetan hat und selbst heute wo ich festgenagelt bin und Ariane mich sitzenlassen könnte wenn sie wollte spanne ich sie ständig auf die Folter und rufe sie nie an ganz anders Mildreds Sohn *die süße Pflaume!* der treue Junge! der nie versäumt seine Mama die Malerin im Grandhotel mit Anrufen zu verwöhnen *morgens ruft er an um sie zu wecken nachmittags erkundigt er sich einfühlsam nach ihrer Verdauung und abends wiegt er sie mit sanften Worten in den Schlaf* während die liebe Mildred im Grandhotel ihre Gesundheit pflegt bleibt das Hündchen im Körbchen und bewacht ihr Werk die vielen pastellenen Aquarelle die Drucke die Zeichnungen mit Bleistift oder Tusche diese mit Akribie und krimineller Energie ausgeführten Verbrechen deren Beweise in einer Ecke des Ateliers gestapelt sind denn das *Genie* der lieben Mildred wütet schon seit über fünfundzwanzig Jahren unerkannt und von allen außer ihrem Sohn verkannt der jedes Opfer seiner Mama der Malerin sorgfältig einbalsamiert klassifiziert verpackt und katalogisiert *immerhin* sagt die Mandragora hat er ihre Berufung stets ernst genommen er hat diesen Hof auf dem Lande nur gekauft und hergerichtet daß seine Mama die Malerin sich in der malerischen Landschaft entfalte *und al-*

lein ihr Genius obwalte ganz anders bei Ariane deren Berufung behindert und deren Gaben mißachtet wurden erst von ihrem Mann dem Muffel dann von ihrem Sohn dem Spötter die ihre künstlerische Ambition mit Füßen traten ja selbst ihre Todesangst als bloße Laune abtaten *wenn sie bedenkt wie rührend sich die große Pflaume um die liebe Mildred mit ihrem Nesselausschlag kümmert!* der Nesselausschlag tritt meist dann auf wenn die liebe Mildred Inventur macht so viel verdorbene Leinwand! so viel vergeudetes Talent! das geht der armen Mildred so unter die Haut daß sie ins Bett muß wo sie sich allnächtlich die Beine blutig kratzt *und erst recht die Füße!* bis die Haut in Fetzen hängt nichts kann ihr helfen nur ein Fußbad aus kaltem Wasser mit Kräuterpuder schafft ihr ein wenig Linderung *das ist so himmlisch frisch!* der Sohn bringt ihr die Schüssel sogar aufs Zimmer! in der Schüssel wird das Geschirr gewaschen der Salat und das Gemüse aber warum sollten die Füße der lieben Mildred ihrem Sohn zuwider sein

. . .
das Unheil war vorhersehbar seit an jenem Abend die zahnlose Furie aufgetaucht war auf dem Trottoir unterm Balkon wo der alte Ragot mit seinen Eimern hantierte und sich dabei doppelt exponierte indem er seine Person dem Geglotze der Greise von drüben darbot und seinen weinroten Schlafrock dem Regen denn der alte Ragot hatte wie immer die ersten Tropfen abgewartet bevor er sich entschloß auf den Balkon zu eilen und die Eimer zu verteilen *er war schon naß bis auf die Knochen* es goß in Strömen an jenem Abend als er zum ersten Mal die Stimme der Furie hörte er beugte sich über die Brüstung seines Balkons um sie zu betrachten da stand sie auf dem Trottoir in einem viel zu kurzen alten Mantel die nackten Beine in klobigen Wanderschuhen das Kopftuch festgezurrt unter dem runzligen Kinn und hob ihr regentriefendes Gesicht zu ihm empor riß ihren zahnlosen Mund auf und bat um *eine milde Gabe!* er hatte noch gar nicht versucht die Furie zu verscheuchen als aus ihrem dunklen Schlund schon die schändlichsten Schmähungen quollen *Gesindel! Korinthenfresser! Fliegenficker! Schweinehund! abartiger Waschlappenarsch!* der alte Ragot zog sich schleunigst zurück und ließ die Furie im Regen stehen sollte sie ruhig weiter schmähen und ihr Gift in den Pfützen auf dem Trottoir verspritzen doch er mochte es

drehen und wenden wie er wollte der gerupfte Kampfhahn hatte gekniffen und vor dem Feind die Flucht ergriffen nun drohten *weit schlimmere Plagen* warnte er Totesaison *die Furie hatte ihn geschlagen!* der alte Ragot zog seinen tropfenden Schlafrock aus und verkroch sich voll böser Ahnung und Unbehagen schlotternd auf seinem Diwan nachts fiel ihn das Fieber an und in seinem Fieberwahn verfiel er auf den Gedanken *die geifernde Furie sei ihm als Botin dräuenden Unheils gesandt* am nächsten Tag trat der alte Ragot trotz seines Fiebers und obwohl kein Wölkchen den Himmel trübte auf seinen Balkon schwankend zwischen Furcht und Hoffnung hielt er Ausschau ob die Furie wohl käme bald hörte er die klagende Stimme um *eine milde Gabe!* flehen und gleich darauf in wildes Keifen übergehen er sah sie wieder stehen unter dem Balkon und floh sogleich ins Haus genauso verlief die Szene auch an den folgenden Tagen der alte Ragot beschloß den Absprung zu wagen die Katastrophe stehe kurz bevor sie dürften sich nicht überrumpeln lassen sie müßten vor der Zeit verschwinden und die Gelegenheit nutzen um *wie abgemacht!* gemeinsam begraben zu werden der alte Ragot verbrachte schlaflose Nächte von Fieberfrösten geschüttelt saß er kerzengrade im Bett die Augen sperrangelweit aufgerissen und sah allnächtlich die Furie kommen die ihn verschlingen wollte mit ihrem dunklen Schlund der alte Puritaner rollte sich in seine Decken ein um zu verhindern daß die Furie zu ihm ins Bett kroch und sich an seine Seite schmiegte er schlug um sich er schrie um Hilfe als er spürte wie sie ihren weichen Mund an seine Füße preßte in seine Knöchel biß an seinen Zehen saugte und kleine spitze Schreie ausstieß bis Totesaison ihn endlich erlöste sie knipste alle Lichter an sie setzte sich zu ihm ans Bett strich ihm über den gerupften Schädel und wischte ihm Tränen und Schweiß aus dem Gesicht und wenn er es auf dem Diwan nicht mehr aushielt ging sie mit ihm in den Keller um eine Runde zwischen den Schrumpfköpfen zu drehen doch die gewohnte Wirkung blieb aus voll Entsetzen starrte der alte Ragot die Schrumpfköpfe an *hörst du nicht ihre schrecklichen Stimmen hörst du sie nicht wimmern und um mich klagen* um sein Leiden nicht zu verschlimmern kehrte der alte Ragot schleunigst auf seinen Diwan zurück die Feuchtigkeit im Keller und das Schrumpfkopfwehgeschrei hatten ihm derart zugesetzt daß er bald vor Fieber glühte doch der alte Ragot war zum Glück eine Klette erster Güte *am Ende trug er den Sieg davon* das Fieber fiel die Furie verschwand im Keller kehrte Ruhe ein Ragot schlief den Schlaf des Gerechten und verschob den Abgang auf später er würde mit Totesaison auf die Reise gehen sie hatte es ihm versprochen *ich schwörs! mein Mund an deinen Füßen* der alte Ragot streichelte stolz seine Haut *zäh wie Leder Ehrenwort!* und gab sich von neuem dem Leben hin er genoß seinen Reis das Regenwasser in kleinen Schlukken seine Portion Eis und fand sogar wieder Spaß am *Meditieren* so nannte er die halbe Stunde die er jeden Morgen seinem Stuhlgang weihte auch den entsetzlichen Geschichten die Totesaison aus den Zeitungsseiten mit den vermischten Meldungen und Familiennachrichten ausschnitt lieh er erneut sein Ohr und war erfreut er hatte ihr immer geraten nur diese Seite zu bewahren und sich den Rest zu ersparen *weg damit! ins Feuer!* jahrelang verbrannte Totesaison die Zeitung unter dem wachsamen Blick des alten Ragot der die Geschichten die sie ihm vorlas als einziges Lebenszeichen der Welt erkannte *dieses vom Überdruß schon ganz zerfressenen Kadavers* Totesaison hatte sich stets seinen Wünschen gefügt doch seine Fieberschübe hatten genügt *es war noch nie krank gewesen das alte Kamel* ein paar Nummern vor dem Feuer zu retten besonders den kompletten Annoncenteil wo sie auch bald die Anzeige der Agentur Maya fand ihren Ausweg ihren Einsatz ihren Lohn das Signal zum Aufbruch den Aufruf zum Verrat das Fräulein hatte es eilig mit der Antwort und bereitete sich heimlich auf den Abschied vor der alte Ragot war inzwischen genesen und nach der glorreichen Schlacht gegen die zahnlose Hexe stolzgeschwellt aus seinen Wahngebilden erwacht und gestählt durch die von keinerlei Verdacht getrübte Überzeugung daß Totesaison ihn begleiten würde wenn es ans Überschreiten der äußersten Grenze ginge *doch das hatte noch Zeit* in seinen Eingeweiden machte sich eine milde Wärme ein organisches Wohlgefühl breit und eine nie gekannte Heiterkeit befiel den alten Ragot er griff zum Telefon und bestellte im Delikatessengeschäft ums Eck aus dem ihm sonst nur das übliche Gedeck aus Reis Suppenwürfeln und Eis ins Haus geliefert wurde eine Flasche guten Weins zum Essen der alte Ragot schlug keck über die Stränge nun hatte er den Beweis daß er aus härterem Holz geschnitzt war *ein hundertjähriger Baum den nichts mehr umwerfen konnte* wenigstens glaubte er das als er stolz die Flasche aufmachte die ein Bote brachte dem Totesaison sachte ihren Brief an die Agentur Maya zusteckte weil sie schon die erste Etappe ihrer Fahnenflucht bedachte was sie jedoch dem alten Fuchs der sie bewachte nicht entdeckte

. . .

Neins werden das einzige sein was sie von mir gehabt hat was ich ihr hinterlassen werde wenn sie mir das Fell abzieht die kläglichen Reste des Balgs der in einem flammenden Ausbruch von lauter Neins zerfetzt werden wird Neins gegen Verführung und Eroberung durch die Mandragora Neins gegen Sirenenklänge und Klagegesänge Neins gegen Launen und Wutanfälle Neins gegen Staatsstreiche taktische Rückzüge und Friedenskonferenzen gebrüllte verschluckte gemurmelte Neins bis zum endgültigen Nein dem Nein das mich an meinen todschicken Rollstuhl fesselt dem Nein das eine Kampfansage sein sollte dem Nein das ich der Mandragora ins Auge spucken wollte dies kümmerliche klägliche Nein vier verhärtete Lettern die ich wie knöcherne Amulette schüttle bei jedem Nahen der Mandragora die dennoch mit der besten Absicht zu mir kommt und mir Burgfrieden verspricht und mich mit unerhörtem Lobpreis besticht und sich mir ausliefert an Händen und Füßen gebunden anstelle von Ketten klirren allerdings Kettchen um die geschundenen Glieder klimpern die Klunker klappert der Tand mit dem sie sich als komische Witwe ausstaffiert die nie an ihre Juwelen rührt an den kostbaren Schmuck der ihr gehört sondern statt dessen mit Straßarmbändern und Glasperlenketten herumstolziert und Massen von Ringen trägt die sie sorgfältig ablegt einen nach dem andern bevor sie sich die Hände wäscht wenn sie zu Besuch kommt präsentiert mir Ariane stets ein neues Prunkstück ihrer Sammlung ein Fundstück vom Strand billigen Plunder der an ihrer Uhrkette baumelt Ariane stellt sich vor mich hin die Brust nach vorn gereckt den Kopf zurückgeworfen die Hände in die Seiten gestemmt den schwarzen Regenmantel überm Arm damit ich sie bewundern kann im Gegenzug genießt sie die Wirkung ihres strahlenden Auftritts der glanzvollen Parade die stets vom vollen Klang des Blechs im voraus angekündigt wird Ariane vergißt darüber ganz daß sie so *alt krank allein* ist und sich entsprechend benehmen sollte Ariane hält es für den Gipfel des Schicks wenn sie auf Tinnef steht und die Juwelen des seligen Krämers verschmäht Ariane ist nur gekommen um mich wissen zu lassen daß sie von ihren Edelsteinen einen fassen lassen wird für eine Krawattennadel die sie der lieben Mildred überlassen wird als Angebinde für deren Sohn zum Lohn dafür daß er geblieben ist und weiterhin am Weißwein nuckelt und weiterhin Mamas Pinsel reinigt und weiterhin Klärgruben schaufelt und über den Rasen zuckelt und keinen höheren Ehrgeiz entwickelt als der Crack der Mähmaschine das As des Scheuerlappens zu sein Ariane möchte die Pflaume dekorieren für erwiesene Sohnestugend Ariane ist eine Perle Ariane möchte nur verhindern daß ich daraus Argwohn schöpfe Ariane ermutigt den der es verdient es ist ja nur eine Kleinigkeit mit der sie natürlich auch mich hätte bedenken können aber warum sollte sie mir etwas schenken ich würde sie doch nur wie üblich verhöhnen und kränken ich würde womöglich das Fenster aufreißen und den kostbaren Stein auf dem Asphalt zerschmeißen oder das Kleinod auf dem Fenstersims vergessen bis es von selbst verschwunden wäre Ariane kennt mich nur zu gut sie weiß genau daß ich mir so die seidenen Krawatten vom Halse schaffte die ich ihr verdankte sie flatterten im Winde vor meinem Zellenfenster um dessen Sprossen ich sie gewunden hätte bis ein x-beliebiger Passant die Angebinde an sich raffte indem er nach ihnen langte *soll sie sich doch zum Teufel scheren mit ihrem seidenen Zaumzeug und ihrer Nadel die ins Auge sticht!* Ariane ist müde sie muß etwas ruhen das viele Reden hat sie *ausgelaugt* Ariane braucht jetzt ihren Tee Ariane liegt wie hingegossen auf meinem Bett sie hat den Regenmantel zu ihren Füßen drapiert und in ihrem Rücken Kissen gruppiert Ariane trägt Weste und Hose in blendendem Weiß das harmoniert aufs beste mit dem Weiß der langen dünnen Zigarette die Ariane zum Munde führt sie trinkt einen Schluck sie hat den Lippenstift gewechselt die Spuren an der Kippe und am Tassenrand sind dunkelrot Ariane erwartet einen Kommentar ich tue so als ob ich nichts gesehen hätte und wende meinen Blick ab es ist meine Gleichgültigkeit die Ariane so erschöpft sie ist müde vom ständigen Betteln um Aufmerksamkeit wozu hat sie sich die Haare färben lassen beim Friseur wozu eigentlich der kalkulierte Effekt mit dem schneeweißen Anzug unter dem pechschwarzen Mantel ich sehe nichts ich habe nicht einmal bemerkt daß sie mich seltener besuchen kam in letzter

Zeit dabei hat sie mir doch am Telefon erzählt was sie für Schmerzen hatte im Kreuz und in Armen und Beinen *es war unvorstellbar* keiner andren als der lieben Mildred verdankt Ariane ihre Rettung die in Gestalt eines Masseurs kam den Mildred ihr schickte eines jungen Masseurs mit dunkler Haut und sanftem Blick und einem Katzenkörper ganz in Weiß gekleidet selbst seine Schuhe waren makellos *irrsinnig ungeduldig* wartete Ariane auf seinen täglichen Besuch die Vorhänge in ihrem Schlafzimmer blieben geschlossen und in Erwartung der Sitzung ließ Ariane noch einen kleinen Radiator laufen sie hatte ein Leibchen und *panties* an und lag auf dem Bett ein Hauskleid griffbereit im Hintergrund lief leise Musik und lullte sie ein zur vereinbarten Zeit öffnete sie die Wohnungstür einen Spalt weit damit der Masseur eindringe in das schwüle Treibhaus und sie auf ihrem Pfuhle bezwinge es folgten zwei Stunden der Lust zwei Stunden wo sie Wachs war *in seinen diabolisch sanften Händen* zwei Stunden in denen ihr so wunderbar zumute war daß sie nur noch seufzen konnte vor Behagen er überhäufte sie mit Zärtlichkeiten die fast etwas Brutales hatten das war ein Zupfen und Kneten Walken und Drücken an Armen Beinen und Rücken Ariane lag auf dem Bauch und ließ es geschehen seit vielen Jahren war ihr nicht mehr so ein Aufruhr aller Sinne widerfahren nur eine seiner Handauflegungen genügte wie sie meinte um sie von allen Übeln zu befreien sie mußte sich einfach in den Masseur vernarren der sie mit ihrem Körper versöhnte um sich seine Dienste zu bewahren hätte sie viel mehr als ihren Schmuck geopfert doch sei sie sich im klaren gewesen daß dieser Wunsch vermessen war sie war so versessen auf diese diabolisch sanften Hände daß sie den Eigner gern besessen hätte doch da sie ihn nicht haben konnte gab sie ihn auf sobald sie genesen war das also bringt mir die vielen Telefonate Attentate und Verhöre ein die Ehre sie hier bei mir bewundern zu dürfen in ihrem weißen Gewand mit all ihrem Tand mit ihrem dunkelroten Mund und den hübschen aschfarbenen Locken mit ihrem Leib der auf meinem Bett wie hingegossen ruht und jauchzend die Erinnerung an den Masseur genoß der Leib dem ich im Geist schon vor der Zeit den Gnadenstoß ins Grab versetzte noch ist es nicht soweit ich soll mir keine Illusionen machen vielleicht wird sie als letzte lachen und mir das Fell abziehen man weiß ja nie dann kann ich ruhig nein sagen Ariane wird mich zu Grabe tragen und unter dem Geklimper ihrer Klunker eine von den dunkelroten Rosen in die Grube werfen die ich überhaupt nicht leiden kann

...

die Leiche war sauber Totesaison hatte mit ihm Toilette gemacht am Morgen vor seinem Abgang sie hatte alles in Ordnung gebracht sie hatte den Staub von den Büchern gefegt das Bibliotheksparkett gewachst den Keller gekehrt und die Schrumpfkopfvitrinen geputzt dann hatte Totesaison den alten Ragot allem Maulen Meutern Mucken zum Trotz ausgezogen und ihn bewogen sich in die leere Wanne zu setzen wo sie ihn einseifte mit einem Lappen vom Kopf bis zu den Zehenspitzen und dabei keine seiner Körperritzen ausließ er schmälte der alte Ragot weil Totesaison ihn mit ihrem Reinheitswahn quälte der sie stets beseelte wenn sie sich seiner Rundumtoilette annahm obwohl sie gegen sein Argument nicht ankam daß er sich stets den Dreck der Welt vom Leibe gehalten und keine seiner Körperfalten deshalb Schmutz enthalten könnte *aber nun gut!* weil sie es war gönnte der alte Ragot ihr die Gunst sein Gerippe instand zu halten er murrte zwar wenn Totesaison ihn auszog und in die leere Wanne setzte doch in Wahrheit schätzte er es ungemein wenn der Seifenlappen durch den er ihre kleinen Finger fühlte in seinen Achselhaaren wühlte ihm die Beine abrieb ihn im Nabel juckte seine Füße wusch bis in die Zehenzwischenräume und sich am Ende in die Spalte schob zwischen den Hinterbakken die er nach vorn gebeugt fluchend erhob laut fluchend weil er sonst hätte seufzen müssen vor Behagen natürlich wußte der alte Ragot daß *man* sich nicht betrügen ließ von seinem Lügenspiel doch es war ein so großes Vergnügen wenn *man* ihn unter Zwang ins Badezimmer schleifte ihm die Kleider abstreifte und er dann nackt in der Badewanne saß und keifte während *man* über ihn gebeugt das morsche Gerippe in Augenschein nahm *Tatsache ist daß er wie ein räudiges rosa Kaninchen ins Netz ging* das Fräulein hatte mit jedem Tag mehr Fallstricke ausgelegt und der alte Fuchs verfing sich vertrauensselig jeden Tag tiefer in den Schlingen der Sentimentalität Tatsache ist daß der alte Ragot wie neu geboren aus dieser rituellen Waschung hervorging der Form halber regte er sich regelmäßig darüber auf wie kalt das Email der Wanne sei und daß hinein- und herauszusteigen akrobatische Verrenkungen von ihm verlange doch hörte der alte Ragot stets rechtzeitig damit auf um Totesaison nicht davon abzubringen ihn zu quälen allein die Vorstellung machte ihn bange um nichts in der Welt mochte der alte Ragot die sanfte seifenduftende Liebkosung missen *ein Vorgeschmack der Umarmung im Grab* er konnte ja nicht wissen daß die Antwort der Agentur Maya am Abend vorher eingetroffen war die Einladung zum Verrat das Fräulein wollte vor dem Gehen noch seine Pflicht erfüllen und verwandte an diesem Morgen besondere Sorgfalt auf die Toilette des alten Ragot sie schrubbte ihm den Rükken und rieb ihm die Beine mit Kölnischwasser ein sogar die Zehennägel hatte sie gefeilt und auf dem gerupften Schädel die Strähne ein wenig gestutzt als wäre das schon die Leichenwäsche als sollte der alte Kadaver schön geputzt ins Jenseits gehen und am nächsten Morgen als er die Tüte über seinen Schädel streifen wollte roch der alte Ragot noch diesen Seifenduft und fühlte die kleinen Finger vom Kopf bis zu den Zehen Tatsache ist daß die Wachsamkeit des alten Fallenstellers nachgelassen hatte und das Reh bei der ersten Gelegenheit die sich ihm bot entsprang doch was hatte es draußen zu suchen hier waren das Gold der Äther die Stille die Reinheit hier waren die Gipfel draußen gab es nur Abschaum und Kehricht Schleim und Pisse Jauche und Auswurf Geschwätz und Gestank Schweiß und Geschwüre Schund und Unrat Humus und Unflat draußen war eine Kloake und das Reh ging hinaus um im Morast zu baden um sich im Spülicht zu suhlen um den Dunst der Herde zu schnuppern den Sippenmief ins Gesicht zu kriegen so machte es sein Werk zuschanden das Werk des alten Ragot der das Reh in sein Gehege gesperrt und es gelehrt hatte wie man der Welt abhanden kommt *aber wozu* einmal tritt immer der Moment ein wo der Hund seinen Herrn beißt wo dem Weibchen der Giftbeutel reißt er hätte es wissen sollen der alte Fuchs er hatte es nicht begreifen wollen sein Verstand war stumpf geworden über die Jahre und sein Luchsauge trüb er hatte sich einseifen lassen der alte Ragot er konnte sich vor Wut kaum fassen und zur Strafe zog er sich den Sack über den Kopf er hatte nicht das geringste geahnt als die Flucht sich angebahnt weil er zu der Zeit völlig eingespannt war in die Jagd nach einer Mücke die sich voller Tücke in sein Haus geschlichen hatte höhnisch surrend zog sie ihre Kreise in der Bibliothek dies Benehmen fand Ragot ein Sakrileg böse Blicke zur Decke schleudernd rannte er kreuz und quer durch den Raum blieb stehen schnellte auf die Zehen und klatschte in die Hände lief zum andern Ende und postierte sich auf die schnelle an einer strategisch günstigeren Stelle in einer Ecke kauernd die Mücke belauernd deren Surren ihn zwang auf den Diwan zu klettern und unter lautem Zetern einen schweren Folianten zur Decke zu schmettern der direktemang aufs Bibliotheksparkett krachte dieweil das Biest sich noch höher aufschwang von wo es frech herunteräugte die Kombattanten kämpften schon eine Stunde lang als sich die Schlacht zugunsten des Okkupanten neigte der alte Ragot schmiß ob der Schmach sein Käppchen aufs frisch gewachste Parkett wobei er sich fast das Genick brach *Sabotage!* Schuld an dem Ungemach trug Totesaison der Kollaboration ohnehin schon verdächtig weil sie eigenmächtig das Fenster offenstehen ließ durch das ein Agent des feindlichen Auslands in die Bibliothek vorstieß die Niederlage war unvermeidlich er mußte kapitulieren der alte Ragot und beschloß den taktischen Rückzug zu proklamieren und den Gegner zu ignorieren unter dem Vorwand er müsse auf den Regen reagieren und die Eimer auf dem Balkon gruppieren verließ er das Schlachtfeld *das war ein Fehler!* denn ohne Zeit zu verlieren packte Totesaison ihren Koffer stieß das Tor auf und entfloh unter den Augen des alten Ragot der vom Balkon aus zusah wie Totesaison verschwand was er unglaublich komisch fand er trat die Eimer mit Füßen um das Wasser zu vergießen ha! da fiel ihm wieder die Mücke ein die mußte doch zu fangen sein allein in der Bibliothek war kein Schatten des Feindes mehr zu erspähen drauf wollte er in den Keller gehen und stand kaum vor dem Schrumpfkopfschrein als er ein leises Surren vernahm und einen Stich ins linke Augenlid verpaßt bekam *verflixt! man hatte ihn ausgetrickst* wutschnaubend trampelte er mit den Füßen und schlug mit seinem Käppchen um sich doch vergeblich das Luder quälte ihn buchstäblich die ganze Nacht bis er sich im Morgengrauen den Sack über den Kopf zog

...

was glaube ich eigentlich wer ich bin mit meinem philosophischen Humbug *erzähl das wem andern! nicht mir!* bevor das Zeug aus meinem Hirn gesprudelt ist war es in ihrem Uterus ich mach mir ein Spiel draus sie zu verachten wo ich doch nichts andres bin als ihres Treibhauses mißratne Frucht gekreuzt aus Versagen und Gleichgültigkeit Ariane liegt auf ihrem Bett der Fernseher läuft und sie trinkt Birnenschnaps oh! nur ab und zu ein kleines Gläschen heut abend ausnahmsweise zwei drei hatte sie schon nötig um die Zornwallung zu dämpfen die ihr zu Kopf gestiegen war Ariane hat noch eine Rechnung offen Ariane rechnet mit mir ab Ariane wird nicht damit fertig auch der Birnenschnaps hat ihren Kopf nicht klarer gemacht sie hat nur immer *mich* gesehen mich mit meinem Polizeihundblick mich mit meiner verächtlichen Fratze mich und meine *Beweinung* die wenn es nach Ariane geht nichts andres ist als der Bluff eines Krüppels und nur aus großen Worten besteht irren Reden eines Idioten großen Gesten eines Gnoms wenn meine Verrenkungen wenigstens taugten um aus dem Schatten herauszutreten doch nein ich bleibe ein Wüstenprediger Heftchenschreiber Auswurfsammler ein asthmatischer Kritikaster der ein paar dürre Schriften absondert nicht viel dicker als ein Beistrich und sich für diese Lappalien Tag und Nacht um die Ohren schlägt sagt Ariane einen Schluckauf unterdrückend nein nein es waren nicht mehr als drei kleine Gläschen es war nur die Neige der Flasche sie schwärmt eben so für Birnenschnaps ich könnte ihr ruhig auch einmal einen anbieten wenn sie zu mir zu Besuch kommt aber ich denke natürlich nie an so was ich habe ja keine Zeit ich berausche mich lieber an schwarzen Gedanken und kotze meinen Groll heraus am liebsten würde ich von meinem hypermodernen kleinen Wagen aus die Welt regieren oh! in ihrem *five o'clock tea* war vielleicht ein Tröpfchen Whisky ein winziges Tröpfchen das sei ihr wohl nicht zu verdenken wenn ich wüßte wie viele Liter Rotwein die liebe Mildred in sich hinein kippt fast eine Flasche zu jeder Mahlzeit ganz zu schweigen von den vielen Malen wo sie ihre Lippe heimlich in Bierhumpen stippt und zum Schlafengehen abends an einem Likörchen nippt und das ganze mit Salat die liebe Mildred aß in der Tat nichts andres als Salat die ganze Zeit im Grandhotel den ließ sie sich gleich schubkarrenweise servieren nahm einen Mundvoll Salat einen Schluck Wein zum Befeuchten und kaute krachend dann wischte sie den Teller mit einem erbsengroßen Stückchen Krume das sie penibel von der Rinde löste sorgfältig sauber bevor sie noch eine Fuhre Grünzeug bestellte es folgten ein paar schwere Stunden sie redete laut und hustete viel die arme Mildred um das kollernde Geräusch in ihrem Bauch zu übertönen der sich furchtbar blähte dank der strengen Diät doch keinesfalls hätte die liebe Mildred von ihrem Leiden gelassen sie habe sprach sie keinen

Appetit den spare sie sich auf für die Eier mit Speck und die in Senf geschmorten Kaninchen ihres Sohns bis dahin aß sie kaum trank ziemlich viel und schwankte ein wenig wenn sie vom Tisch aufstand ich lache! wenn ich das gesehen hätte! in dem ganzen Grandhotel gab es nichts andres als geblähte Bäuche verwirrte Innereien Hirne in Alkoholdunst verblendete Augen und vom Schaben der Zahnstocher auf Fleischfaserjagd ständig verlegte Ohren nichts als vorsintflutliche Klempnerei verklebte Auspuffrohre allenthalben die Ariane in Melancholie verfallen ließen Ariane möchte mir unbedingt noch einmal die ganze Geschichte erzählen noch einmal ihre verstopften Rohre die gereinigt und durchgespült wurden in allen Einzelheiten schildern Gase und Winde Ebbe und Flut Koliken und Dyspepsien Verhaltung und Inkontinenz eine Epopöe der Innereien eine Gekröselegende *die Därme!* in sie mündet alles zu diesem Schluß ist Ariane gekommen ein Mundstück ein Endstück Müllschlucker und Überlauf darauf beschränkt sich die Welt sagt Ariane und muß schon wieder ihren Schluckauf unterdrücken nein nein es waren nur drei kleine Gläschen schwört sie ein Dreifingerschwipschen und ein Eßlöffel Scotch im Tee den hatte sie bitter nötig um ihre Därme zu wärmen denn zur Teestunde war Ariane allein und von der Einsamkeit wird einem schlecht und innerlich kalt sie hatte alte Fotos hervorgekramt und während sie ihren Tee mit Scotch trank die Bilder aus meiner Pagenzeit Revue passieren lassen meine Leichenbittermienen meine Porzellanhundblicke mein Höllenbotengetue und das schiefe Grinsen eines Märtyrers auf dem Rost *dreht mich um Brüder auf der Seite bin ich durch* schon damals war ich nur darauf bedacht Ariane das Leben in der trauten Zweisamkeit zu verleiden die der flambierte Gatte uns vermacht da stehn wir Seit an Seite die Witwe auf Reisen mit ihrem mickrigen Hundchen an der Leine auf einem Bahnhof zwischen den Gleisen da sitzen wir uns Aug in Auge abends gegenüber einmal gabs aufgewärmte Konserven ein andermal Speisen von den besten Lieferanten manchmal hat Ariane selbst Hand angelegt dann bestand das Menü stets aus Käsesoufflé mit Heidelbeercrêpes doch das Soufflé war ein verkohltes Wrack und die Heidelbeercrêpes hatten Meersalzgeschmack weil Ariane sich nämlich ein- von zweimal mit den Zutaten vertat und beim Kochen ihren guten Willen schon bereute und sich rächte und die Crêpes mit Meersalz statt mit Zucker würzte und das Soufflé so schlecht betreute daß dieses kaum aus dem Ofen flugs in sich zusammenstürzte gut genug für das mickrige Hundchen das mit Leichenbittermiene am Tisch saß schweigend das schwarze Soufflé fraß und die Meersalzheidelbeeren in der linken Backe verstaute um sie später heimlich auszuspucken Ariane kannte diese Mucken Ariane ging nachher stets zur Toilette um nachzugucken sie hob die Holzbrille auf und schaute ob nicht ein violetter Spritzer den Muschelrand versaute in solchen Fällen kaute Ariane die ganze Nacht an ihrem Zorn und die Vergeltung folgte auf dem Fuß Ariane machte dann Diät jeden Abend saß sie vor ihrem leeren Teller und sah mir zu wie ich Bissen für Bissen die Gerichte der Lieferanten in mich hineinschob dann gab es für eine Weile keine schwarzen Soufflés und keine Meersalzheidelbeeren mehr statt dessen fette Mehlspeisbrocken die kaum verzehrt wie Steine in den Magen plumpsten und dort tagelang liegenblieben wie Wasserleichen auf dem Grund eines Sees bevor sie unter Hinterlassung einer Säurespur nach oben trieben Ariane reckte ihr spitzes Kinn zu mir hin Ariane lauschte auf das Mahlen meiner Zähne vor dem Schlucken Ariane zählte das Rucken meines Adamsapfels in diesen Tagen wählte Ariane mit Bedacht die schwersten Speisen aus die ganz besonders stopfen und zwang ihr mickriges Hundchen sich zur Buße damit vollzupfropfen bis ein Kranz aus roten Bläschen auf seiner Schnauze erblühte der erst verschwand wenn Brech- und Abführmittel ihre fulminante Wirkung taten erst dann gewährte Ariane Waffenstillstand erst dann nahm Ariane die Beziehungen wieder auf sie war gerächt und der arme Hund hatte ein Anrecht auf Heidelbeeren ohne Meersalz und federleichte Soufflés *aber du hörst mir ja gar nicht zu!* kreischt Ariane und spuckt in die Muschel da hat sie recht ich warte den Hörer ans Ohr gepreßt auf meine Abendtoilette ich horche auf den Schritt der Zugehfrau und auf das Knacken des Schlüssels im Schloß *die Fotos haben mir aufs Gemüt geschlagen* sagt Ariane was für ein Jammer die Witwe Seit an Seite mit der Leichenbittermiene immerhin war das mickrige Hundchen damals noch ganz für Ariane da für ihre Einsamkeit und ihre leeren Tage *ich könnte ihr wenigstens zuhören sie war so verzweifelt zur Tee-*

zeit erst wird die Zugehfrau die Pfütze aufwischen und das Fenster öffnen um den Geruch zu vertreiben dann wird sie mir beim Ausziehn der Hose helfen vor allem das linke Bein ist naß Ariane ging gleich nach der Suppe zu Bett um es schön warm zu haben mit ihrem Birnenschnaps und einem Haufen Decken auf den Beinen *hoffentlich hast du das Plaid noch das du von mir bekommen hast* das Plaid ist fast trocken ich habe es rechtzeitig hochgehoben nur die Fransen haben sich in der Pfütze vollgesogen oh! das muß sie mir noch sagen! als sie sich die Fotos ansah fiel es ihr wieder ein das mit den kleinen Pfützen die sich beim Essen immer unter meinem Stuhl gebildet hatten Ariane saß nichtsahnend am Tisch und aß bis sie beim Aufstehn in ein schmales Rinnsal tappte das unter meinem Stuhl hervorlief *aus dem Alter warst du doch längst heraus!* jetzt muß Ariane jedesmal wenn ich philosophischen Humbug verzapfe an die kleinen Pfützen denken an diesen Anflug von Ungehorsam nach dem es im Zimmer immer so stark roch

...
der Gelähmte hat garantiert den bösen Blick das ganze Unglück hat nämlich damit angefangen daß der große Mann auf ihn eingegangen ist auf diesen Scharlatan mit seinem hypermodernen kleinen Wagen und dem gefährlichen Einfluß *dafür gibt es Beweise* zum Beispiel den plötzlichen Entschluß der UVAbsolventin sich bis zum Überdruß mit Tedeums Lamentos Stabatmaters vollzudröhnen der Privatsekretär fand solchen Schmus zum Gähnen aber er konnte nicht mehr schlafen wegen dieser *Wiegenlieder für Pfaffen* sein Mißtraun erwachte er dachte wenn solche Engelsstimmen in der Höhle des Wolfs erklingen hört man bald die Engel singen und in der Tat das Unheil nahm schon Gestalt an es hatte sich um sein Haupt geballt wie Fliegen um einen Haufen Scheiße was auch das einzige sein wird was von ihm übrigbleibt wenn die ultraviolette Madonna weiterhin auf diese Weise Sabotage treibt und ihn aus dem Hinterhalt mit giftigen Pfeilen und Spitzen beschießt daß der einst so stolz geblähten Liebeskugel langsam die Luft ausgeht ob der Blamage durch die Madonna die immer mehr in Rage gerät und sich beschwert bei *seinem Chef seinem Kumpel* nachdem sie endlich aufgehört hat auf Ruhm und Ehre zu hoffen und offen *selber* darum buhlt daß der große Mann ihr seine Gunst gewährt indem sie ihrer Liebe abschwört und die Lie-

beskugel abschießt die bereits die Engel das Requiem für einen Privatsekretär singen hört es ist immer dasselbe mit den Ischen kaum hast du eine erwischt die nicht zu plietsch ist lieber ein bißchen blöd und ihr ein paar Kniffe beigebogen *witsch!* hat sie dir schnöd eine gezischt *sagichdir* Weiber sind wie die Banausen die in unterentwickelten Ländern hausen gib ihnen Ausbildung und Logistik Ergebnis sie werden biestig Moral gib den Schwächern keine Waffe sonst machst du sie zu Rächern ihrer eignen Sache die finstre Anschläge ausbrüten und wider ihre Wohltäter wüten daß einem graust wie im Fall des Privatsekretärs der auf einmal statt seines Täubchens ein tobsüchtiges Füchslein am Hals hat das ihn verbellt und zerzaust als obs einen Hasenfuß zwischen den Zähnen hätte täglich gewittert die Ultraviolette sie hat ihn verraten und verkauft sie rülpst schnauft und schmollt *es ist aus und vorbei!* sie hat die Schnauze voll von ihrem impotenten Agenten der sie abservierte aber vorher noch ihre Pfandbriefe Aktien Wertpapiere kassierte beziehungsweise wie er sagte in Immobilien investierte *in einen Hof in der Sologne einen grillroom im Paradies* wers glaubt wird selig wie die Täubchen die sich unzählig in seinen Netzen fingen und schmählich darin zugrunde gingen nachdem er sie gerupft und ausgenommen der Herr Sekretär ist stets auf seine Kosten gekommen doch diesmal ist es umgekehrt jetzt setzt die Madonna dem Schweinehund das Messer an den Hals wie gestern abend in meiner Höhle als der große Mann mit seinem Sekretär zu Besuch kam das Ex-Liebchen gleich hinterher zur Furie aufgeputscht von einer Überdosis Agnus Dei und nach Sühne dürstend betrat sie die Bühne mochte der Sekretär auch wüste Drohungen flüstern und hüsteln wie eine prüde alte Jungfer die seit der Frühe vom Fisteln der Engel verzückte Madonna war so enthüllungslüstern daß sie all seine düstern Geheimnisse erzählte all seine Lügen Diebereien Tricks und Schliche die sinistern Schiebereien mit deren Hilfe er jeden prellte dem er sich gesellte bei *seinem Chef* dem großen Manne *seinem Kumpel* angefangen bis zur Madonna *seiner Perle* die von dem Ruhm sich blenden ließ den ihr der Kerl verhieß um ihre Obligationen zu entwenden und ihre Pfandbriefe zu pfänden Obligationen nie gehört Pfandbriefe nie gesehen der Arme leidet wie ein Hund an plötzlichem Gedächtnisschwund die Madonna tue ihm unrecht sie sollte ihn nicht so schubsen die Liebeskugel ist zerbrechlich wie Meißner Porzellan die Tränen sind echt die Trauer ist unaussprechlich er war zweimal Witwer und sechsmal Vater oder schlimmer jedenfalls ist er immer verlassen worden und saß dann da mit Horden von hungrigen Mäulern und jetzt will sie ihm auch noch ans Fell! wo ist die adrette Pute geblieben im kleinen Schwarzen mit der langen falschen Perlenkette sie ist entfleucht an ihrer Stelle kreucht eine Harpyie mit strähnigem Haar und blutunterlaufenen Augen sie keucht ihm bitteren Bierdunst ins Gesicht und hinter ihren Zähnen lauert pastisgeschwängerter Groll wegen ein paar verbratener Mäuse werden Weiber zu Hyänen! es sind nicht die Aktien die sie aufgescheucht haben es ist die betrogene Unschuld es sind die Lügen! die vielen Enten die der Ex-Galan ihr aufgetischt! es war kinderleicht sie zu betrügen er hat ihr den Braten schmackhaft gemacht bis sie ihm aus der Hand fraß und jede Kröte schluckte die er ihr servierte bis zum Erbrechen nun ist sie vergiftet und verätzt und muß zu guter Letzt auch noch die Zeche blechen sie lehnt an meinem Schreibtisch in einer Zimmerecke wir sind ihre Zeugen ich und der große Mann *das Lustspiel gibts gratis* sie mährt sie plärrt sie zerrt eine fettige Strähne aus ihrem Haar um sie zu zwirbeln sie blökt wie ein geschorenes Schaf sie leckt ihre Wunde sie reckt den Finger sie schleudert Blitze und nutzt die Gunst der Stunde um vor der erlauchten Runde diskret einen Knoblauchfurz abzulassen das wird der Wicht ihr büßen das Aktienverprassen mit Einwänden will sie sich gar nicht befassen sie hält Gericht sie fällt das Urteil und schreitet sofort zur Exekution seit ihrer Ankunft schielt sie schon zu meinem Papiermesser hin das zwischen den Seiten des aufgeschlagnen Buches liegt zack! hat sies an sich gerissen stürzt sich auf den Filou setzt ihm die Messerspitze an den Hals und schreit verbissen *gibs zu! gibs zu!* da strampelt der Schuft in seinem Sessel die Beinchen zappeln in der Luft die Ärmchen umschlingen die Lehnen scharlachrot ist er angelaufen und hechelt wie ein Säugling der an Pseudokrupp verröchelt der Feigling zittert er wittert das Unheil es riecht schon brenzlig es riecht nach Wende es riecht nach dem nahen Ende seiner Herrschaft und das alles liegt an dieser undankbaren Hilfskraft für den Verkauf von Kabinensonne die er aus den Krebsgefahren in dem obskuren Studio erlöste wo blasse Kreaturen bei hohen Temperaturen zu Sportlernaturen rösten der große Mann *sein Kumpel sein Chef* kann sich vor Lachen kaum noch halten das Unglück seines Kofferkulis der mit steifem Genick und starrem Blick zur Seite schielt vorbei an dem verdammten Messer das auf seine Gurgel zielt treibt ihm die Tränen in die Augen was wird der Tropf sich jetzt wohl aus den Fingern saugen um seiner einstmals netten Kokotte den von Metten und Motetten komplett verdrehten Kopf zurechtzusetzen sapperlot! da hat er sich was eingebrockt! erst hat er die Madonna in seinen Koben gelockt jetzt hockt er da mit einem Messer an der Gurgel nachdem sie sich Woche für Woche entzogen und ihn betrogen hatte mit ihrer verschrobenen Prosa einer Mater dolorosa die sich zierte und lamentierte bis das Liebesnest in dem er sie vernaschen wollte von Tränen völlig durchnäßt war *ah! Pest und Cholera!* die Perle war sich zu schade für das Schwein es sollte lieber auf andren Weiden grasen *jeder* Vorwand war ihr dafür recht morgens wurde ihr schlecht mittags rang sie mit Gasen in ihren Gedärmen abends kamen die Krämpfe nachts die kläglichen Kämpfe mit der Migräne ganz zu schweigen vom täglichen Rasen der Rückenwirbel und den langen Phasen der Menstruation die wie auf Kommando begann all diese Leiden waren schon Sand im Getriebe der Liebe doch die Madonna sann nach Mitteln und Wegen das breite Bett allein zu belegen und ihren Galan aufs Sofa zu verbannen wo er am Ende die Nacht verbrachte und nach zahlreichen Pannen ein paar Stunden Schlaf fand aus dem er schweißgebadet und weiß wie die Wand erwachte worauf er sich sachte mit leeren Händen davonstahl und wozu die ganze Qual daß messerscharfer Stahl an seinem Halse schabte daß *sein Kumpel* der sich an seinem Mißgeschick labte Tränen lachte der große Mann *sein Chef* der ihn bestimmt schon gefeuert hat es ist verzwickt er wird vom Unglück erdrückt geknickt sieht der Privatsekretär sich aufs neue verstrickt in kleine Gaunereien und miese Geschäfte mit denen er magere Jahre überbrückt selbst wenn die Erynnie ihn nicht zerstückt und sich an seinem Blut erquickt ist es um seinen Wanst geschehen und um die Zigarre im Kleinformat und um sein feistes Grinsen der Gockel mit seinem tragbaren Sockel und seinem Auf-Draht-Sein kann gehen sein Reich liegt in Trümmern das gibt ein Wiedersehen mit den kleinen Fischen die im Tümpel ihre Nischen bauen und an ein paar Mücken kauen wie hat er die Zeit genossen als die mit fetten Konten gemästeten Ischen ihn mit sanften Flossen berührten weil sie um ihn die Aura des großen Mannes spürten und sich in seinem Ruhme sonnen konnten vorbei! als Kuli ohne Koffer muß er nun ins Exil das Leben im Off ist ziemlich diffizil jetzt muß er wieder im Trüben fischen und sich im Mückenfangen üben wie konnt es ihn bloß so erwischen! da freut man sich weil man denkt man hat einen fetten Karpfen an der Angel und statt seiner greift ein Hecht der aus dem Wasser sprang den Angler an nimmt ihn mit messerscharfen Zähnchen in die Mangel bis der auf dem letzten Loch pfeift wie ein angestochener Ballon und wie eine zerbrochene Gallone aus der die Pisse läuft das

Gras ersäuft und wie eine Scherzkanone auf einem Tone furzend und torkelnd davonfliegt um ein wenig in der Luft zu schweben und dann abzustürzen wie ein Zeppelin der mit der Nase den Misthaufen pflügt so erliegt der Privatsekretär seinem traurigen Schicksal es hat ihm alles gegeben und alles genommen und setzt ihn jetzt den schaurigen Gelüsten dieser Schickse aus die mit ihm machen kann was sie will Schweinehund am Spieß Hornochsenhaschee oder Rabenaas in Aspik *aber reden wir nicht mehr davon!*

...
am letzten Abend gab es Zimtsorbet und eine Flasche Wein der gute sollte es sein hatte der alte Ragot gefordert und in Windeseile brachte ein Bote aus dem Delikatessengeschäft ums Eck zu ihm nach Haus was er georดert derselbe Bote hatte vor einer Weile schon den Brief an die Agentur Maya abgeschickt den Totesaison ihm in die Hand gedrückt und strich an diesem letzten Abend vergnügt ein dickes Trinkgeld vom alten Ragot ein der von der Aussicht auf ein Diner aus Wein und Zimtsorbet beglückt sich entzückt die Lippen leckte er frönte nur zu gern dem Süßen das ihm so gut schmeckte doch um dies besser zu genießen gönnte er sich solche Leckerbissen nur zu gewissen Zeiten ganz besondren Gelegenheiten und dieser Tag verhieß nun in der Tat ein exzeptionelles Ende war der Verrat doch schon besiegelt den das Fräulein ausgeklügelt wovon er allerdings nichts ahnte nur dem maroden Körper schwante etwas er gierte nach Leckerbissen nach Taumel und Rausch vor den Bitternissen die da kommen sollten von denen er nichts wissen wollte weil er hingerissen schon den Schmelz des Zimtsorbets auf seiner Zunge fühlte dieweil er in seinem Gedächtnis wühlte nach Erinnerungen mit denen er seit langer Zeit zum ersten Male wieder spielte Erinnerungen aus der Zeit bevor die Fräuleins kamen als er noch junge Damen mit Zimtsorbet

verwöhnte deren Appetit er mit geeisten Töpfchen stillte die er im Keller kühlte in einem riesigen Kühlschrank der immer zum Bersten gefüllt war dann bat er sie in den ersten Stock und führte sie in den Salon in dem die Kuscheltiere wohnten *dort läßt du so ein Ding für einen Augenblick allein schon quietscht es vor Freude und hopst und tollt und robbt und tobt mit dem Zottelzoo auf dem Boden und herzt und küßt alles was weich ist und nach Plüsch riecht* bis man in dem Gewimmel nichts mehr von den Waden sah die in Kniestrümpfen steckten wie es der Kenner schätzte damals haben viele kurzberockte junge Damen am Tor seines Hauses geklopft hübschbesockte Waden in flachen Schuhen die Köpfe dunkel beschopft von Annoncen in speziellen Gazetten angelockte Geschöpfe mit genau der adretten Erscheinung die der alte Ragot auf der Suche nach netten Spielgefährtinnen für seinen Streichelzoo in den Anzeigen die er aufgab en détail beschrieb *sie kamen aus allen Teilen der Welt* und klopften am Tor seines Hauses weil sie nichts sehnlicher wünschten als mit Teddys zu poussieren sich mit traurigen Tigern zu verlustieren und räudige rosa Kaninchen zu dressieren *blutjunge Dinger wie man so sagt!* mit dieser Marotte machte die Mehrzahl auf minderjährig weil die Mädchen meist gehörig älter waren aber gelehrig! sie konnten bald wiehern miauen und Zungerausstrecken und zogen die entzückendsten Grimassen die er sie hatte lernen lassen so daß sie brav wie Stummfilmaktricen vor seiner Kamera posierten *ekelhaft* sagt Totesaison *es war ekelhaft und lächerlich* an seinem letzten

Abend den er als den Anfang einer neuen Ära ansah hatte der Amateurfotograf den guten Wein bestellt weil er schon ein wenig beschwipst war von dem Gedanken Totesaison seine Fotos zu zeigen die wohlverwahrt im obersten Regal hinter sechs dicken Schwarten in einer großen Weißblechschachtel ihrer Exhumierung harrten Totesaison mußte warten bis der alte Ragot die Leiter erklettert hatte die Trittbretter knarrten die zitternden Hände scharrten sechs dicke Bände zur Seite und zogen den Schatz hervor der seinen Halt auf dem Regal verlor den fahrigen Armen entglitt und mit großem Getöse zu Boden fiel dem Fräulein direkt vor die Füße *da lagen sie alle* die jungen Dinger mit Schmollmund Kniestrümpfen und dunklem Schopf wie auf dem Kopf des alten Ragot der damals noch nicht so gerupft war *da lagen sie* mit gespreizten Beinen und stumpfem Blick unter Ponyfransen und einem Nabel der aussah wie ein Mund der am Daumen lutscht da saßen sie in einem Hemdchen das bis zum Hals hochgerutscht war und säugten den kleinen Tiger an ihrer Brust da lagen sie auf dem Rücken und wehrten sich scheinbar gegen den Bären der seine Schnauze zwischen ihre Schenkel wühlte um an dem weißen Viereck ihrer Unterhose zu schnüffeln sie wanden sich stöhnend neinnein und preßten gleichzeitig mit ihren Beinen die Bärenschnauze noch tiefer hinein da warfen sie sich in Pose rittlings auf der Giraffe sitzend *und noch ein Fötzchen für den Fotografen aber nur eins* um die häßlichen Falten zu straffen die sich zu früh an ihrem Mund zu schaffen machten *und jetzt schon wiehern* das war Musik in den Ohren des Fotografen der diese ernsten unbekümmerten Gesichter so liebte wenn sie in einem Lachen zerbrachen wie bei Puppen die einen Schlüssel im Rükken haben mit dem man sie aufzieht *und ein Tränchen zerdrücken* was entzückend aussieht weils wie eine Perle hold über die Wange rollt wenn man das Hemdchen auszieht und vor der Kamera schmollt mit einer Schlange aus Seidenplüsch um die Hüften *da lag die ganze Menagerie* dem Fräulein zu Füßen der alte Ragot ging in die Knie und wühlte mit seinen Händen in dem Haufen um sich an der Glut zu wärmen die noch unter der Asche seines kaum erloschenen Lasters glomm hob ein paar Bündel vom Boden klopfte den Staub ab und gab sie dem Fräulein Erstaunen war geboten Totesaison sollte die Novizinnen benoten die schon recht erfahren und natürlich keine mehr waren aber mit ihrem bizarren Gebaren den Alten zum Narren halten wollten *das Fräulein möge die jungen Dinger genauestens prüfen* den Mund der am Zimtsorbet schleckte die Strähne die hinter den Ohren steckte den Schmelz der Haut zwischen dem Nabel und einer kleinen Brust die sich dem Betrachter keck entgegenreckte und hüpfte wie ein bernsteinfarbner Pingpongball *es war so ekelhaft* sagt Totesaison die Menagerie zu ihren Füßen ganz genau betrachten zu müssen weil der alte Ragot mit seinen Blicken an ihr hing und sie dazu zwang während er gierig sein Sorbet verschlang war es nicht einmalig das junge Ding da mit seinem Dolch unter der Brust genau an der Stelle des Herzens und das da mit den Impfnarben am Oberarm und die Kleine da besonders *daran hat er sich erinnert als obs gestern gewesen wäre* erst ließ sie das rosa Kaninchen die zarte Innenseite ihrer Schenkel küssen dann ein Eckchen geschmolzenes Zimtsorbet in ihren Nabel fließen und tauchte den Finger hinein um ihn in träumerischem Genießen langsam abzulecken *es war so erbärmlich* sagt Totesaison *und wäre noch schlimmer gekommen* hätte die groteske Schrulle nicht ein abruptes Ende genommen eines schönen Morgens nämlich hat der alte Ragot nach dem Aufstehn kurzerhand den ganzen Streichelzoo geschlachtet und in einem Lieferwagen an einen unbekannten Ort verfrachtet dann kamen die Fräuleins von denen er bislang keine für würdig erachtet seine Sammlung zu bewundern keine hatte bislang die Fotografien betrachtet *Totesaison verstehe dies richtig!* das war ihm wichtig er war nicht mitteilsüchtig im Gegenteil sie war ihm pflichtig die ganze Wahrheit zu erzählen und endlich zu enthüllen worin sie sich verrannte und wen sie in ihren *kriminellen Gefühlsduseleien* so beharrlich den Zwilling nannte in ihrem Gefolge ist sein Schatten ins Haus eingezogen um es mit seinem mefitischen Atem und giftigem Gestank zu erfüllen *er* war immer da *er* zog wieder glatt was der Herr des Hauses dem Fräulein ins Hirn gemeißelt hat *er* kam nachts aus seinem Versteck um von ihr Besitz zu ergreifen und das Kunstwerk zu schleifen das der Meister am Tag vollendet hat und geistert schon wieder durch ihren Schädel *er* hat es geschafft daß sie die Sammlung des alten Lüstlings ekelhaft fand lächerlich und schamlos wie die Zurschaustellung seiner Kennerschaft *puah!* es war an der Zeit zu gehen! er hätte bloß noch ein paar Fotos verstecken müssen unter dem Kissen oder den Decken auf seinem Diwan wie schon in der Zeit vor Totesaison falls er schlecht träumte und nicht schlafen konnte *puah!* das Fräulein räumte die Fotos wieder in die Weißblechschachtel aß Sorbet trank Wein und entfloh am nächsten Tag unter den Augen des alten Ragot der schäumte weil er nichts herausgefunden hatte über den Unbekannten den sie um ihn zu ärgern nur den Zwilling nannte nichts! jetzt war sie verschwunden es regnete und wurde langsam dunkel zu guter Letzt holte der alte Ragot noch einmal die Weißblechschachtel vom Regal und nachdem er sie durchgesehen hatte trat er auf seinen Balkon zwischen die umgestoßenen Eimer und verstreute seine Sammlung in alle Winde

…

am Ende hat sie den Verstand verloren splitterfasernackt lag sie den ganzen Tag auf ihrem Bett ihr Sohn ließ ein hypermodernes Heizungssystem installieren und hielt die Fenster geschlossen daß sie nicht fröre und kein kühles Lüftchen ihr Wohlbefinden störe so wurde aus ihrem Zimmer ein schwüles Treibhaus in dem es modrig und feucht war daß die Spinnen gut gediehen und selbst die Füße der Möbel sich mit der Zeit verziehen mußten was den bewußten Sohn jedoch nicht davon abhielt jede freie Minute in dieser Dunstglocke zu verbringen am Bett seiner Mutter und unermüdlich Kommentare abzugeben zu den Fotos die überall an den Wänden hingen Fotos aus einer Zeit da sie *die Göttliche* war da wilde junge Männer sie auf dem Treppenabsatz überfielen die sagt sie ihr Leben gegeben hätten um sie nur einmal nackt zu sehen splitterfasernackt wo blieben sie denn die jungen Wilden warum kamen sie nicht und setzten sich an ihr Bett statt dieses Sohns an dem sie sich sattgesehen hatte warum ließ er sie nicht herein sie sehnte sich nach ihren feurigen Blicken sie war der kleinen Sklavenaugen ihres Sohnes müde die er nicht zu erheben wagte und daß er in seiner Einfalt immer dasselbe sagte zu ihren Fotos sie war sein Herumscharwenzeln leid und seine gefräßige Fragerei nach ihren Triumphen um sie noch einmal auftrumpfen zu lassen er dachte das wäre ihr lieb doch sie fing an zu schwafeln *und das war seine Schuld* noch dazu vertrieb er *da war sie ganz sicher* die jungen Wilden die Einlaß begehrten um sie nackt zu sehen splitterfasernackt die ihre Seele gäben für ein Haar von ihrer Scham ach! sie hätte sie so gerne betteln gehört um eine Minute nur eine Minute mit ihr allein doch ihr Sohn ließ niemanden herein in dieses tropische Mausoleum er sperrte sie ein um sie zu pflegen um sie zu schützen es schien nichts zu nützen wenn sie ihm taktvoll zu verstehen gab sie könnten sie gerne nackt sehen die jungen Wilden splitterfasernackt das würde sie geradezu erhitzen blieb doch der Nichtsnutz einfach sitzen obwohl die jungen Wilden klingelten und klopften erst wenn sie sagte *es hat geläutet öffnen Sie ich bin für jedermann zu sprechen* entfaltete er sein langes Gerippe um das Zimmer zu verlassen nicht ohne der Göttlichen vorher noch einen seiner Küsse zu verpassen *lauwarm zum Erbrechen* wenig später kam er mit einem Tablett zurück *ohne die jungen Wilden mit dem feurigen Blick!* stellte es vor sie aufs Bett und ließ sich wieder auf seinem Platz am Fußende nieder um ihr beim Essen Gesellschaft zu leisten das sie um ihr Mißfallen zu bekunden *schweigend* zu sich nahm und wenn sie richtig Wut bekam ließ sie absichtlich Reste fallen auf ihren Bauch und zwischen die Brüste auch in die Haare ihrer Scham so daß ihr Sohn sie nach Krümeln absuchen und saubermachen mußte mit der lippenstiftbeschmierten Serviette die er im Wasser der in einer Vase mitservierten Rose näßte *welche Einfalt selbst in einer netten Geste!* dann preßte er den

Mund auf ihre Stirn zum unvermeidlichen Kuß trug das Tablett in die Küche und kam gleich wieder zurück mit einem großen gelben Kuvert ach! die Augen der Göttlichen flammten vor Glück beim bloßen Anblick dieses Umschlags doch zügelte sie ihre Ungeduld und ließ sich vorher von ihrem Sohn Spiegel Haarbürste Lippenstift reichen wenn sie sich schöngemacht hatte schlug sie die Beine übereinander und legte die Hände unter den Brüsten flach auf den Bauch nun war sie bereit für die Briefe Artikel Lobeshymnen von der fleißigen Tippse der Agentur Maya *ihr Sohn* sagt Totesaison *hatte heimlich bei der Agentur gebucht* als die Göttliche ihm vorwarf er habe *nicht nur* die jungen Wilden die sie am liebsten mit Haut und Haar gefressen hätten verscheucht *sondern auch noch* versucht ihr weiszumachen sie sei ganz und gar vergessen er wolle sie nämlich erpressen sich ihm auszuliefern auf Gedeih und Verderb infolgedessen habe er Presseausschnitte zerrissen Verehrerpost verschwinden lassen und die Göttliche quasi unter Quarantäne gestellt *ein Viersterneabonnement* sagt Totesaison *jede Woche ein großer Bericht auf Seite eins + zwei Briefe oder zwei Erwähnungen mit Foto + drei Briefe oder ausschließlich Briefe davon aber mindestens zwei Heiratsangebote aus Übersee* am meisten schätzte die Göttliche das letzte Paket wovon ihr Sohn die Agentur diskret in Kenntnis setzte *exotische Romanzen sollten es sein! Stoff zum Träumen und zum Schmachten!* das mußte Totesaison beachten und danach trachten Woche für Woche zu lechzen wie ein Latin Lover zu krächzen wie ein Hirsch der heiser ist vom

Brunftgebrüll zu ächzen wie ein einsamer Bulle voll Gefühl blaue Blumen werden für dich blühen! ich werde dich mit Rosenessenz besprühen! mit mir wirst du vor Liebesglück verglühen! die Göttliche war in ihrer Art leicht zufriedenzustellen die Briefe waren ihr Quellen der Freude von denen sie tagelang sprach sie verlangte danach daß man sie ihr wieder und wieder vorlas in manchen Fällen unterbrach sie ihren Sohn und unterhielt ihn mit Geschichten über die stahlharte Axt des Zimmermanns aus Alaska der sie in seinen Iglu locken wollte *in der Macht von so einem Brocken würde ihr der Atem stocken!* der Apotheker aus Honduras erweckte bei ihr den Verdacht er sei womöglich ein eher rachitischer alter Teufel doch wüßte er sein rosa Schäufelchen mit Sicherheit gut zu gebrauchen *wenn sie nur dran denke fange sie an zu träufeln* dann fiel ihr noch ein früherer Brief ein von einem venezianischen Grafen wenn sie sich den ins Gedächtnis rief konnte sie gar nicht mehr schlafen sein üppig metaphorischer Stil da war nicht viel zu deuteln ließ darauf schließen daß er beliebig viel in seinen Beuteln hatte *das würde sie gern genauer wissen!* und alle wollten sie sehen splitterfasernackt alle hätten sie mit Vergnügen ihrem Sohn entrissen der sie bewachte wie ein antikes Idol das man in Watte packt er war um ihr Wohl so besorgt das ging ihr auf die Nerven gewissenhaft prüfte er die Temperatur ihres Zimmers ständig war er auf Trab ständig lief er hin und her um Fenster und Türen zu schließen *Gnade! Gnade! konnte nicht irgendwer dem Zerberus das Handwerk legen und sie aus ihrem Treibhaus erlösen!*

tagaus tagein lag sie auf ihrem Bett und wartete daß endlich einer die Tür aufbrach um sie nackt zu sehen splitterfasernackt doch ach! die Zeit verrann und kein einziger unbekannter wilder Mann trat ans Lager der Göttlichen heran mit feurigem Blick nur ihr nichtsnutziger Sohn setzte sich immer wieder am Fußende ihres Bettes nieder doch sie ließ die Hoffnung nicht fahren und durfte schon bald zum Lohn für ihr Beharren an einem verregneten Nachmittag durch die Gardinen eine Gestalt mit Hut auf dem Balkon vor ihrem Fenster gewahren *na endlich!* sie trug noch ein wenig Lippenstift auf schlug die Beine übereinander legte die Hände unter den Brüsten flach auf den Bauch machte die Augen zu und lauschte *ihr Sohn fand sie wie gewöhnlich auf dem Bett* sagt Totesaison *die Augen geschlossen und splitterfasernackt* erst als er sich zu ihr niederbeugte um sie auf die Stirn zu küssen bemerkte er den frischen Luftzug der die Gardinen vor dem Fenster bauschte und das Kissen mit dem frischen Abdruck ihrer Lippen neben dem reglosen Körper *so jedenfalls stands in der Abendzeitung* sagt Totesaison die einen Schützling nach dem anderen verliert der Mörder mit dem schwarzen Hut hat sich spezialisiert auf Abonnenten der Agentur Maya und besonders gern frequentiert er die Klienten von Totesaison die bald ohne Arbeit und mittellos ist wenn er weiter die Ränge der senilen Kinder dezimiert weil die Agentur Maya ihr Gehalt pro Seite und Zeile zahlt *das ist das Ende!* die Krippe steht auf der Kippe und obwohl es fast nichts mehr zu schreiben gibt klebt Totesaison an ihrem Tisch und kommt nur nachts manchmal aus ihrem Loch heraus *die sind dazu fähig und sperren mich aus!* sie kann nicht aus ihrem Loch heraus solange der Zwilling die Gegend am stinkenden Fluß noch nicht verlassen hat und kommt um sie wiederzufinden

. . .

das wollte sie mir auf der Stelle zeigen gleich als sie aus der Boutique kam sie braucht mich zum Zeugen für ihre heutigen Kapriolen sie ist nur eben mal auf einen Sprung vorbeigehuscht um die neuen Stiefeletten aus dem Seidenpapier zu holen und auf meinem Fliesenboden kurz hineinzusteigen *der kleine Absatz ist entzückend sie könnte ohnmächtig werden beim Geruch des Leders und wie sie geschnürt sind und erst die Spitze sieht sie nicht aus wie ein vorwitziges Näschen das an allem schnuppert* wie sie damit gehen wird ohne der Länge nach hinzufallen und sich den Oberschenkelhals zu brechen ist eine andre Geschichte wollüstig seufzend läßt Ariane ihre Hand ins Innere der Schnürstiefelette gleiten sie weiß sie hätte es nicht tun dürfen doch sie hatte heute einen dieser schwarzen Tage wo das Bedürfnis übermächtig wird sich ein Paar neue Schuhe zu leisten schon immer hat Ariane ihr Leid gelindert ihre Bitterkeit versüßt und ihren Kummer gemindert indem sie ein Paar neue Schuhe kaufte immer wieder neue Schuhe diese Lust sie zu probieren und auf dem weichen Teppich der Boutiquen herumzustolzieren eine Hand in die Hüfte gestemmt den Blick auf den Spiegel geheftet der das Bild der Waden Fesseln Füße zurückwirft ihrer wundervollen Füße weich und weiß und immer noch makellos Ariane kennt nichts Schöneres als aus den Schuhen zu steigen und ihre Füße zu zeigen die sie den Verkäuferinnen unter die Nase hält dann rufen die Verkäuferinnen freudig aus nein was Sie für schöne Füße haben richtige Kleinmädchenfüße mit denen können Sie alles tragen auch die extravagantesten Modelle und Ariane kaufte sie auf der Stelle und sperrte sie kaum war sie wieder zu Haus zu all den andern die sie nie getragen und die in ordentlichen Reihen dicht an dicht im Schuhschrank lagen wie Blagen in der Kinderkrippe bis Ariane in einem Anfall von Entsagung den ganzen Krempel kistenweise den Armen vermachte die mußten sich dann plagen mit apfelgrünen Ballerinen femininen Stiefelchen mit Schraubenabsatz und Pantinen behangen mit riesigen Ringen Kunstwerken eben von denen Ariane dachte daß man mit ihnen selbst gramgeplagte Varizen griesgrämige Knöchel verdrießliche Füße bleiche Sohlen graue Nägel *e tutti quanti* ein wenig aufheitern könnte in den ersten Jahren ihrer Ehe gönnte Ariane sich jede Woche ein Paar neue Schuhe manchmal sogar zwei die sie vor dem Bezahlen ihrem aus der Konferenz geeilten Gatten en détail am Telefon beschrieb bis ihm nichts andres übrigblieb als seine Zustimmung zu geben *das war doch das mindeste* wenn schon nicht seine Zeit Ariane wollte doch nur einen Augenblick Aufmerksamkeit schon damals hatte Ariane schwarze Tage denen nur das Kaufen neuer Schuhe einen Tupfer Heiterkeit verlieh doch hatte sie auch die Begabung triste Treter aufzuspüren *wahre Monster* die sie in einer Ecke ihres Schranks versteckte um sie erst anzuziehen wenn der Gatte ihren

Zorn erregte dann sperrte sie die mit Bedacht gewählten eleganten Schuhe weg und schlurfte in Betschwesterntretern durch die Gegend Tage und Wochen bekam der Verbrecher nur die Foltergeräte zu sehen bis er bedingungslos kapitulierte dann katapultierte Ariane die Monster auf den *Kothurnenfriedhof* und zierte sich fortan mit eleganten Schuhen bis sie bei der nächsten Kränkung ihre Treter wieder exhumierte erst viel später wars daß Ariane sich in extravagante Modelle vergaffte die sie auf die schnelle in einem Anfall von Wahn erraffte und sofort auf den Kothurnenfriedhof schaffte was war es nur das sie dazu bewegte fragt sich Ariane immer wieder was ist ihr bloß durch den Kopf gegangen war ihr Gemüt verhangen von dunklen Wolken Nebelschwaden einem Anflug von Melancholie und was hat sie heute in diesen Laden mit den koketten Stiefeletten getrieben sonst trägt Ariane doch in letzter Zeit ausschließlich gefütterte Stiefel zumindest wenn sie mich besucht damit ich nicht vergesse wie alt krank allein sie ist und wie eiskalt mein Loch jetzt zieht Ariane die Stiefel aus sie will die Stiefeletten probieren sie streift die dicken Wollsocken ab und entblößt ihre Füße weiche makellos weiße Kleinmädchenfüße mit denen sie vor meinen Augen flink in die Stiefeletten schlüpft dann lüpft Ariane den Saum ihrer Hose daß ich die welken Waden bewundre welche durch die eingeschnürten Fesseln wesentlich an Wert gewinnen geht ein paar Schritte und stützt sich dabei an der Wand ab damit sie nicht stürzt ich soll ihr die Kapriolen erlauben ich soll ihr glauben daß sie unbändig lebendig wie sie ist mich gern erheitern möchte und ein wenig Farbe zaubern in mein mürrisches Gesicht das etwas grünstichig aussieht seit ich nicht mehr an die Sonne gehe und in diesem Stuhl wie eine bepißte Kröte hocke die Ariane das weiße Täubchen bespuckt doch daure ich Ariane darob nicht minder alles in allem *habe ich Mitleid verdient* das offenbarte sich Ariane erst heut morgen beim Kauf der Schnürstiefeletten der ihre letzte Verrücktheit war *das kann sie mir schwören* von nun an wird Ariane mir gehören also lautet ihr Beschluß Ariane wird sich verzehren um mich zu bessern mich und meinen Zustand damit sie sich nie wieder mein Gequake anhören muß Ariane wird fortan mein Faktotum sein Krankenschwester Gesellschaftsdame Vorleserin Privatsekretärin Ariane wird nicht mehr von meiner Seite weichen möge es ihrer Gesundheit und ihrem Schlaf auch zum Nachteil gereichen sie wird bei mir sein morgens mittags abends wird über mich wachen wird mir helfen vom Aufstehn bis zum Schlafengehn wird mich spazierenführen in meinem todschicken Rollstuhl und ich darf ihr diktieren was sie schreiben soll Ariane wird meiner Zugehfrau bei der Toilette zur Hand gehn Ariane wird eigenhändig meine Kleider zur Reinigung tragen Ariane wird das Menü erfragen und beim besten Lieferanten bestellen dann essen wir beide zusammen wir beide in trauter Zweisamkeit und alles wird sein wie früher alles wird sein wie in der Zeit bevor das hochnäsige Hundchen nur so zum Spaß seine Leine auffraß heute morgen in der Schuhboutique offenbarte sich Ariane ein neuer Lebenssinn und im Übermaß der

Freude über diesen Zugewinn will Ariane nächste Woche mit mir verreisen Ariane hat schon einen Prospekt besorgt sie wird mir die Fotos zeigen von dem Kurort mit dem Grandhotel den alle preisen dessen Wunderquellen Gelähmten Linderung verheißen es wimmelt von Gelähmten in dem riesigen Becken mit dem kochendheißen Wasser dort darf ich dann an langen Stangen hängend in Unterwäsche ein Tänzchen wagen ich werde schon sehen es wird mir behagen abgemacht und keine Sperenzchen in ein paar Tagen werde ich von Ariane mit dem Zug ins Grandhotel verbracht wo kräftige Burschen mit starken Armen nur dazu da sind mich herumzutragen und sacht in das Becken zu den andern Gelähmten zu stecken Ariane wird mich bebrüten und wie ihren Augapfel hüten wenn ich in dem großen Eierkocher plansche bis ich weich bin

. . .
sie kommt nicht mehr heraus aus ihrem Loch sie schließt sich ein und bleibt den ganzen Tag an ihrem Schreibtisch sitzen in der Agentur Maya gibts kaum noch Arbeit doch sie sitzt da und rührt sich nicht vom Fleck sie starrt die Wand an knabbert Sonnenblumenkerne und kriecht abends wenn die andern Schreiber weg sind wenn die Heizung abgestellt ist und das Licht gelöscht in ihren Schlafsack nur manchmal huscht sie vor Einbruch der Nacht zu mir wo *der Brief* schon auf sie wartet und klopft als hätte sies geahnt an meine Tür dann läßt sie heißes Wasser in die Wanne laufen sie bleibt sehr lang im Bad und wenn sie geht nimmt sie den Brief des Zwillings mit von dem ich wenig weiß fast nichts nur daß er bleiben will in seinem Haus am Ufer des stinkenden Flusses um weiter seine Gedichte zu schreiben die vom Gestank des Wassers handeln er schickt sie an Totesaison sie steckt sie ungelesen in ihren Koffer und wartet daß er kommt um sie wiederzufinden doch er sitzt vor seinem Haus und sieht den Dreck entschwinden den der Fluß vorüberträgt auf der schwarzen Oberfläche treiben tote Ratten die verwesen und ertränkte Katzen die er zählt er singt selbst das Papier auf dem er schreibt stinkt wie der Fluß nach Kot und Tod und giftigen Gasen *diesen Gestank schlepp ich mit mir herum* sagt Totesaison er dringt aus den Bün-

deln vergilbter Briefe die ungeöffnet im Koffer liegen durchdringt den Koffer die Kleider den Schlafsack sogar die Sonnenblumenkerne *ich eß den Gestank von toten Ratten und ertränkten Katzen will ich schlafen erstickt mich der stinkende Fluß mit seinen Dämpfen und im Gemenge des Unrats auf dem schlammig schwarzen Wasser treibt mein Spiegelbild* der Zwilling wird nicht mehr kommen er bleibt und hat an seiner Statt den Gestank des Flusses geschickt daß er sich an sie hänge *riech! so riech doch! es ist unerträglich! ich krieg das nicht mehr raus!* mit dem Blick eines gehetzten Tieres schnüffelt Totesaison an sich herum sie weicht oft stundenlang in meiner Wanne und schleicht nachts über die Gänge der Agentur Maya zur Toilette zieht sich am Waschbecken aus und wäscht sich doch nichts davon erreicht den Gestank der an ihr klebt und sie verfolgt bis ans Grab des alten Ragot er hat sie schon erwartet *die Niederlage des Fräuleins* er sagt nichts mehr er schweigt um sich zu rächen er hat für immer seinen Kanaldeckel zugemacht er lacht sie nicht einmal mehr aus der stinkende Fluß hat ihn davongetragen wie die senilen Maya-Kinder und Totesaison bleibt allein in ihrem Loch mit dem Gestank der sie umweht der nach Verrat riecht und den Verrat verrät wo sie auch geht und steht also verkriecht sie sich in ihrem Loch und geht noch mal von vorne die Artikel über ihre Mündel durch die von dem Mörder mit dem schwarzen Hut gemeuchelt sie muß sie ständig von neuem sichten dann grübelt sie über Geschichten ohne Hand und Fuß und starrt die Wand an mit Augen die immer tiefer in ihren Höhlen versinken selbst wenn neue Briefe kommen traut sie sich nicht aus ihrem Loch die Sonnenblumenkerne die ihr nicht mehr schmeckten bleiben in der Lade sie haben zu treiben begonnen es wimmelt sicher vor Insekten in ihrem Schreibtisch doch sie hört gar nicht hin sie lauscht auf den stinkenden Fluß erst war es nur ein leises Klopfen doch Tropfen für Tropfen wurde das Sausen über ihrem Kopf zum Brausen schon rauscht es unter ihren Füßen schon hört sie ihn hinter den Wänden grollen die unter dem Toben der Wassermassen beben die auf ihre Tür zurollen sie hat ihr Zimmer aufgeräumt und ihren Stuhl vor die Tür geschoben aus den Tiefen einer Lade hat sie den schwarzen Hut geholt und aufgesetzt der Koffer liegt auf ihren Knien so sitzt sie jetzt auf ihrem Stuhl und sieht zur Tür hin und wartet

. . .
das war einer von den Geistesblitzen die alle drei Minuten das Hirn des Seiltänzers durchzuckten und Ariane so entzückten daß sie sie für *genial* hielt *genial* war auch sein Wankelmut *genial* die Perfidie mit der er Ariane der fürchterlichsten Dinge zieh *genial* die Orthographie der er Ausdruck verlieh in poetischen Briefen die vor Fehlern strotzten *genial* wie er seinen Überdruß in Tabakschwaden von sich spie *genial* der Stuß in seinen Suaden *genial* wie er sich liebte in ihrem Blick *genial* die Infamie mit der er in ihre Handtasche faßte und sich die Scheine bündelweise griff die er nachts bei Suff und Musik verpraßte und in den frühen Morgenstunden mit vollen Händen Vagabunden nachwarf die gern bei irgendwem schmarotzten *genial* also war der Einfall ihre Flitterwochen im Grandhotel mit den Gelähmten zu verbringen *nur er und sie* am warmen Wunderquell wo einst der Akrobat mit seinen starken Armen die Krüppel aus ihrem Rollstuhl hob und in die Brühe warf wie Forellen die im Rotwein köcheln das Schauspiel war delikat und was sprach schließlich dagegen dorthin zu reisen und sich am Morgen verwegen einzuschleichen bei diesem Kongreß der Lahmen ihnen am Abend zu folgen wenn die superschnellen kleinen Wagen sie leise surrend zum Speisesaal fuhren wo man die Stühle von den Tischen rückte wenn sie kamen am

Tage könnten sie dann genüßlich am Beckenrand lümmeln und sich am Wimmeln der Invaliden beim Sieden ergötzen das war zu der Zeit da Ariane im heiligen Eifer einer Konfirmandin mit offenem Maul und aufgerissenen Augen entrückt die fürchterlichen Dinge schmeckte die ihr der geniale Galan der ständig neue fürchterliche Dinge heckte auf die Zunge legte und sich lüstern die fremde Würze im Mund zergehen ließ zu der Zeit da Ariane mit geblähten Nüstern seine Abstürze als erregend pries und ihre Liebe bewies indem sie jedem Einfall des Seiltänzers nachgab sofern er Vergnügen verhieß da war sie nun im Nest der Lemuren und stelzte auf den Spuren des Artisten auf hohen Hacken zwischen Rollstühlen herum und schnitt mit ihren flinken Beinen die flitzten wie Klingen in feinen Seidenscheiden den Krüppeln den Weg ab deren Blicke sich in den Beinen verfingen als sie klick-klack klick-klack zum Becken eilten wo dann das ganze entgleiste Ariane kann sich dessen nicht mehr so genau entsinnen nur daß es entgleiste als sie an den Rand des Beckens trat und die Lemuren die an langen Stangen drinnen hingen auf einmal das Gesicht zu ihr drehten das glupschte und glibschte im dampfenden Pfuhl aus dem die Glotzaugen spähten das roch nach fauligem Röhricht und vollen Tröten und schwitzte aus geblähten Säcken Schleim Ariane wich drei Schritte zurück doch dem genialen Galan war zum Glück schon wieder etwas eingefallen ein neues Bubenstück das flüsterte er wie immer Ariane ins Ohr und schickte sie aufs Zimmer sie kam bald zurück mit bloßen Füßen der Bademantel fiel zu

Boden und gab den Blick frei auf einen blütenweißen Badeanzug der Akrobat versetzte Ariane einen Stoß sie platschte in die heiße Kuhle und spritzte die Lemuren naß was dann passierte daran kann Ariane sich nicht mehr genau erinnern nur daß es im Innern der Suhle rotierte und dieser Haufen von Lemuren sich an den langen Stangen wie im Ballett um die Lotusblüte gruppierte das stierte auf ihren Badeanzug das pfiff aus geweiteten Nasenlöchern das machte komische Geräusche mit dem Mund dieweil der Seiltänzer am Beckenrand stand und sich köstlich amüsierte *doch dann ging es erst richtig rund* in einer spontanen Anwandlung nahmen sie alle auf einmal Schwung und besprangen die Lotusblüte es gab einen plötzlichen Wirbel dann hingen die glitschigen Kröten an ihren nackten Armen an ihren glatten Beinen in ihrem feuchten Nacken und krochen auf ihr herum *Ariane fürchtete schon für ihr Leben* sie wurde betastet und berochen sie schlug um sich doch die schleimigen Finger blieben an ihrem weißen Badeanzug kleben *die ließen sie nicht mehr los* sie wollte schreien und konnte nur noch röcheln der Seiltänzer war verschwunden er hatte einen Hochsitz gefunden er ließ sich sein Vergnügen an dem superben Spektakel durch nichts und niemanden trüben dieweil die Kröten Ariane fast bis zum Wahnsinn trieben sie quakten ihr in die Ohren und schnieben ihr in Schüben einen Atem ins Antlitz der nach gestocktem Sperma roch *was für ein Aufruhr!* mit einem Machtwort vertrieben die kräftigen Burschen die Kröten und hoben die Lotusblüte sacht aus dem brodelnden Sumpf Ariane zittert noch heute bei dem Gedanken an die dumpf geifernde Krötenmeute so etwas war ihr bis dato nie passiert und sollte ihr auch in Zukunft nicht mehr widerfahren so daß sie ganz nostalgisch wird wenn sie sich an den unvorstellbaren Aufruhr erinnert den sie hervorrief ja sie bedauert es sogar ein wenig daß sie der Handauflegung allzu schnell entging und eine Nervenkrise simulieren mußte und Entrüstung heuchelnd ihre Koffer packen und auf der Stelle das Hotel verlassen ganz nach dem Plan des Akrobaten der frohlockte ob der Rache für die paar Wochen seines Lebens da er als Angestellter des Hotels in diesem Kurort hockte und bei jedem Gequake die Kröten zum Mazerieren *in die Lake* setzen mußte wie er sagte er war so amüsant der Komödiant zu dieser Zeit er war imstand und schleppte Ariane an die *unmöglichsten Orte* Friedhöfe Katakomben Peep-Shows Häuser von Suizidanten Gefängnisgelände Irrenanstalten und einmal fand Ariane sich um vier Uhr früh im Krankenhaus in der Notaufnahme sie kamen gerade aus einem brüllenden Souterrain wo junge Katzen sie mit finstrem Blick aus tiefen Höhlen beäugten *die Witwe* die am Rockzipfel ihres Galans hing den sie nicht losließ und dazu zwang ganz nah bei ihr zu bleiben wollte er weiter das Geld des seligen Krämers versaufen und die langen weißen Zigaretten rauchen die sie im Ausland bestellte und ihm als Belohnung verhieß sofern er sie zum Lachen brachte mit seinen gräßlichen Ideen den unerhörten Dingen die er sich ständig ausdachte und sie das gehässige Schweigen des hochnäsigen Hundchens vergessen ließ das sie bedenkenlos verstieß aus ihrem Schoß und in ein Heim verwies *auf einer Abschlepphalde* im hintersten Winkel der Provinz Ariane mußte schließlich Tag und Nacht für ihren Seiltänzer sorgen und am frühen Morgen wenn sie von den *unmöglichsten Orten* nach Haus kam federleichte Soufflés und Heidelbeercrêpes ohne Meersalz bereiten während das mickrige Hundchen in seinem Erbrochenen schmorte und ruhelos im Käfig rumorte und an seinem Haß an seiner Bitterkeit wollüstig kaute wie an einem Knochen bis seine Verachtung für die Mandragora so groß war wie die Polypen die sein Herz zerfraßen das mickrige Hundchen verbohrte sich über die Maßen in seine Rachsucht und *ersann in dieser Zeit* meint Ariane *den Plan für das Zerstörungswerk* obwohl das mickrige Hundchen mit seiner Leichenbittermiene doch sicher verwahrt war in seinem Verlies hat es im hintersten Winkel der Provinz den Virus aufgestöbert der ihren Pagen befiel und ihn in den todschicken Rollstuhl zwang *das war das Ziel des mickrigen Hundchens im Exil sie sollte dafür büßen daß sie die Leine schießen ließ und das mickrige Hundchen mit einem Fußtritt zum Ausschuß verwies* Ariane wähnte sich im Paradies ward ihr doch unverhofft ein Prinz beschert der zu der Zeit noch als Liebhaber taugte weil er nicht ganz zerstört war von dem Dämon der ihm Blut und Verstand aussog sondern sich zum Narren machte und seine Königin verwöhnte die aus vollem Halse lachte über das Feuerwerk der tollen Streiche das er mit den Scheinen des verbrannten Spekulanten vor ihren Augen entfachte doch ach! das kleine Vermögen das er damit durchbrachte löste sich in Rauch auf und stieg dem galanten Komödianten zu Kopf der bald als trauriger Tropf im Dunkeln saß und sich kasteite und ständig sein Mea culpa psalmodierte er aß nichts mehr und nahm nur noch Gift das er trank rauchte schluckte und wenn die Mandragora die mit dem Nachschub beauftragt war ihn berührte zuckte er zusammen die Vorhänge blieben Tag und Nacht geschlossen und dahinter saß der unverhoffte Eremit im Dunkeln rauchte stangenweise Zigaretten kippte literweise Gin in sich hinein und knackte ständig die verdammten weißen Briefchen was ihn jedoch nicht müde machte sondern bloß den Teil von ihm auf den es Ariane ankam nur weg von hier so schnell wie möglich sonst färbte womöglich etwas von dem Dunkel auf sie ab und schwärzte ihre Seele wie ein Trauerfarbbad diesmal ließe Ariane sich nicht fassen Ariane hatte schon bezahlt was konnte Ariane dafür daß der Kasper sie nicht mehr amüsierte weil er so stumpf geworden war was seine Geistesblitze deutlich limitierte er lag halbnackt auf seiner Matratze auf dem Boden zwischen Kisten Reisetaschen leeren Flaschen neuen Kleidern und haufenweise schmutziger Wäsche und hörte immer wieder dieselbe Platte auf der ein Verrückter Geflügelgegacker nachmachte in den ersten Tagen brachte Ariane dem Eremiten noch zu essen er hatte Appetit doch konnte er nichts bei sich behalten statt dessen kehrte er zu seiner Lieblingsbeschäftigung zurück und zündete eine Zigarette nach der andern an die sich dann neben seinem Bett auf dem Parkett verzehrte viele Stummel standen schon herum wie Kerzen um einen Leichnam und sahen auf den schönen Leib der zusehends verkam und hochfuhr beim geringsten Geräusch und sich bei jedem Nahen versteifte langsam begann er zu stinken wie eine Ratte die mit dem Tod kämpft der Kopf vom Gift geschwollen der Schwanz erstorben die Augen in blutigen Tränen zerquollen *man konnte kaum noch Atem holen!* Ariane mußte jedesmal schlucken wenn sie unter höllischem Gegacker von der Platte die Grabkammer betrat und zu allem Überfluß sah der Akrobat jetzt Hühner um seine Matratze marschieren die er mit Brotkrumen verführen wollte *auf seinem Laken zu brüten an seinem Gerippe zu pikken und ihn mit ihrem Gefieder zu wärmen! ihm war so kalt!* Ariane versorgte den Eremiten weiter mit Giften aller Art doch sie ekelte sich immer mehr vor diesem Hühnerstall mit überall wie Hühnermist auf dem Parkett verstreuter Zigarettenasche und dem Verrückten der auf seiner Matratze hockte und kein Wort mehr sagte nur daß er dem andern Verrückten auf der Platte manchmal ein Gackern zur Antwort gab wie eine Henne die ihre Küken lockte *warum es verschweigen* der Seiltänzer ähnelte immer mehr mir *der Spottgeburt* die der Mandragora nachstellt in dieser hypermodernen Wiege der Seiltänzer steckte den Kopf unters Laken und kreischte wenn sie kam und wollte sie mit gutturalen Beschwörungsformeln verscheuchen wie wir uns gleichen er und ich mit meiner Haßphilosophie der an seinen todschicken Rollstuhl geklammert jault wie ein Windhund der aus der Bahn flog genug gejammert nun ist Ariane wieder da die Hoffnung trog ich werde ihr nicht entkommen Ariane kann bezeugen daß sie mich nie im Stich gelassen hat es sei denn *aus übergroßer Liebe* aus übergroßer Liebe entzog Ariane sich ihrem Pagen der an dem unbekannten Virus litt aus übergroßer Liebe gab Ariane dem Hundchen einen Tritt und schickte es zum Sterben in sein Verlies im hintersten Winkel der Provinz aus übergroßer Liebe verstieß Ariane ihren Pagen wie ihren Prinzen kaum daß er nicht mehr Männchen machte und sie zum Lachen brachte mit den unmöglichsten Dingen um das Zuckerstückchen zu erringen sein tägliches Gift das er zur Belohnung bekam doch das ist vorbei bloß nicht mehr dran denken an den alten Kram Ariane ist hier bei mir und wird mich fortan auf Schritt und Tritt begleiten wie ein Schatten sie wird mein Kindermädchen sein mein Maskottchen sie wird mich waschen frisieren spazierenführen sie wird mich füttern und meine Allüren akzeptieren und deshalb fahren wir jetzt erst einmal gemeinsam weg *nur sie und ich* zum Wunderquell in dieses Grandhotel wo kräftige Burschen mich auf starken Armen tragen und zur Gesundung in das Becken mit dem kochendheißen Wasser stecken *bloß keine Dankbarkeitsbekundung!* Ariane will davon nichts hören sie hat den Weg der Heiligkeit für sich gefunden ich soll sie gewähren und mich betütern lassen erdrücken und füttern sie wird nicht müde werden und die letzten Stunden ihres Lebens dem kleinen Rohrkrepierer in seinem hypermodernen Brüter widmen dann kommen wir gemeinsam in den Himmel *sie und ich* die Witwe und ihr Wechselbalg der Krüppel mit seiner Rotkreuzhelferin der Sünder und das Klageweib der Märtyrer und sein Engel *das Paradies ist unser!* Ariane wird bei mir bleiben und an meinem Bette wachen wenn ich nach meiner Toilette satt und zufrieden in den Daunen ruhe dann werde ich meinen geschwächten Leib durch Schreiben kurieren und meine Kaldaunen mit schwarzer Tinte purgieren ich werde meine *Beweinung* verfassen und als mein Vermächtnis der Mandragora hinterlassen die bereit ist auf die Siegesbeute aufzupassen bis ich durch die sentimentale Scheiße von meinem Haß befreit ins Gras beißen kann wo die Alraunen wachsen

Vincent de Swarte

Der Leuchtturmmörder
Roman
Aus dem Französischen
von Hinrich Schmidt-Henkel
st 3125. 143 Seiten

Das Töten verfolgt Geoffroy Lefayen seit seiner Geburt. Seitdem ihm die Schuld am Tod seines Bruders zugewiesen wurde, bedeutet er für andere Lebewesen Vernichtung. Dabei will der schweigsame Hobbypräparator nichts anderes, als seine Angst vor dem Sterben zu überwinden. Zurückgezogen auf die Leuchtturminsel Cordouan, versucht er die Welt vor sich zu beschützen, doch die Welt sucht ihn immer wieder von sich aus auf.

Jedesmal, wenn Besuch vom Festland kommt, schließt er sich in seinem Turmzimmer ein und bewegt sich wie ein wildes Tier im Käfig. Ein junges englisches Paar, das seine Trauung im Leuchtturm plant, übersteht seinen Ausflug auf die Insel nicht lebend. Wie aus Versehen bringt Geoffroy die beiden um, denn sie haben etwas, was er nicht hat. Liebevoll präpariert er ihre Leichen, damit sie in der Ewigkeit vermählt sein können. Sie werden von nun an seine Gefährten sein. Erst Lise, der rothaarigen Ingenieurin vom Wasser- und Schifffahrtsamt, gelingt es, Geoffroy aus der Gewalt des Leuchtturms zu befreien, doch inzwischen ist er verantwortlich für den Tod von fünf Menschen ...

NF 214/1/5.00

Yann Queffélec

Barbarische Hochzeit
Roman
Aus dem Französischen von Andrea Spingler
st 1682. 317 Seiten

Die 14jährige Nicole, selig verliebt, fällt ihrem betrunkenen Freund und dessen Kumpanen in die Hände. Als Folge der Barbarei ist sie schwanger. Dem Kind, auf dem Speicher ausgesetzt, gibt man zwar die tägliche Mahlzeit, läßt ihm aber keinerlei Wärme zukommen und schiebt es schließlich in ein Heim für Debile ab. 15jährig bricht Ludo von dort in einer Weihnachtsnacht aus.
Es kommt zu einer Begegnung zwischen Mutter und Sohn, die einem gegenseitigen Erkennen Raum gibt.

»Yann Queffélec beschreibt in seinem preisgekrönten Roman hochsensibel das Martyrium eines ungeliebten Kindes als bittere Konsequenz von Gewalt und Gegengewalt.« *stern*

Yann Queffélec, 1949 geboren, wurde für seinen ersten Roman *Barbarische Hochzeit* mit dem *Prix Goncourt* ausgezeichnet.

NF 219/1/5.00

Frédérique Clémençon

Eine Gemeinheit
Roman
Aus dem Französischen von Andrea Spingler
146 Seiten. Gebunden

Sie reden schon lange nicht mehr miteinander, Mutter und Tochter, einzige Überlebende jenes Giftes namens Familie, eingeschlossen in dem viel zu großen Haus, in dem es nach Verwesung und Medikamenten stinkt, das niemand verläßt, es sei denn mit den Füßen voran.
Oft genug hat Edith die Klage ihrer Mutter gehört, der Litanei über das Unglück der elterlichen Ehe gelauscht, das noch vor der Hochzeit begann. Schon längst hat sie sich auf den Weg gemacht, ist unterwegs in einer Feen- und Ideenwelt, sie glaubt sich draußen, wo die Welt bunt, süß und lebendig ist.

Unerbittlich direkt und doch auch nicht ohne Zärtlichkeit erzählt Clémençon von Haß, Ekel und Seelendreck, wie sie in ihrer reinsten und gemeinsten Form von Generation zu Generation weitervererbt werden. – Noch nie ist derart Niederträchtiges so unerschrocken erzählt worden.

Frédérique Clémençon wurde 1967 geboren und lebt in Paris. Für *Eine Gemeinheit,* ihren ersten Roman, erhielt sie 1998 den Preis der Robert-Walser-Stiftung in Biel.

NF 215/1/5.00

Marguerite Duras

Die Schamlosen
Roman
Aus dem Französischen von Andrea Spingler
216 Seiten. Gebunden

»Dieses Buch brach aus mir heraus«, schrieb Marguerite Duras, 29jährig, als ihr erster Roman *Die Schamlosen* veröffentlicht wurde. In ihm sind konzentriert und ungestüm viele der Themen bereits angelegt, die vierzig Jahre später ihr Welterfolg *Der Liebhaber* variiert.
Jacques, der älteste Sohn, krimineller Spieler und Müßiggänger, dominiert seine Familie. Einzig Maud versucht sich seinem selbstsüchtigen Diktat zu entziehen. Sie soll der Familie aus Geldnöten helfen, in dem sie einen vermögenden Bauernsohn heiratet. Doch Maud widersetzt sich den beklemmenden Erwartungen und folgt einem starken Gefühl für einen anderen Mann. Der Skandal ist perfekt.
Ein leidenschaftlicher Roman über die Tyrannei von Liebe und Haß, über Schuldgefühl und Manipulation, Abhängigkeit und Selbstbetrug – kurz: über die subtilen psychischen Grausamkeiten, wie sie nur im Hort der Familie stattfinden können.

Patrick Modiano

Ruinenblüten
Erzählung
Aus dem Französischen von Andrea Spingler
st 3133. 128 Seiten

Eine Nacht im April 1933. Aus mysteriösen Gründen begehen zwei junge Eheleute in ihrer Pariser Wohnung Selbstmord. In dieser Nacht haben sie die Bekanntschaft zweier Frauen und zweier Männer gemacht, ein Tanzlokal und später ein Haus mit einem roten Aufzug besucht.
Jahrzehnte später denkt der Erzähler über diese Geschichte nach, an der – so scheint es – auch Weggefährten seines Lebens beteiligt waren. Fragen, die sich um das Verschwinden anderer Menschen aus seinem Leben drehen, die den Erzähler ohne eine Erklärung zurückgelassen haben und ihm aus heutiger Sicht wie Phantome erscheinen. Beweise und Indizien für ihre Existenz verdichten sich zu Silhouetten, Begegnungen und Namen. Unabweislich reell bleibt die Stadt Paris, durchwandert – zu Fuß und im Kopf.

Patrick Modiano, 1945 geboren, erhielt 1978 den *Prix Goncourt*. Er lebt in Frankreich.

NF 218/1/5.00